# BRITANNICUS,

## TRAGÉDIE.

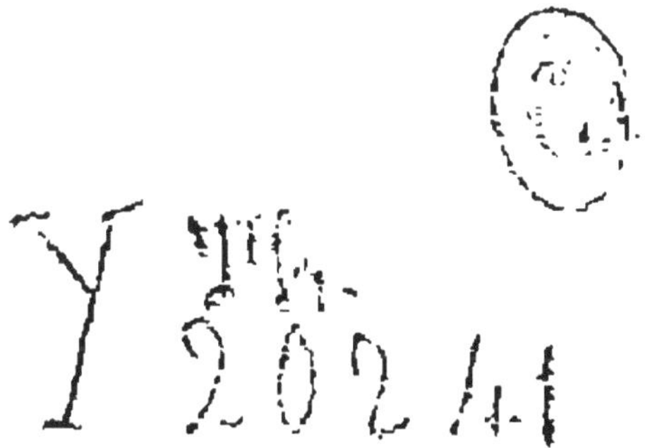

IMPRIMERIE D'AUGUSTE BARTHELEMY,
Rue des Grands-Augustins, n. 10.

# BRITANNICUS,

TRAGÉDIE EN CINQ ACTES,

PAR RACINE.

PARIS,

SANSON, LIBRAIRE-ÉDITEUR,
Palais-Royal, galerie de bois.
1826.

## PERSONNAGES.

---

NÉRON, empereur, fils d'Agrippine.

BRITANNICUS, fils de Messaline et de l'empereur Claudius.

AGRIPPINE, veuve de Domitius Enobarbus, père de Néron, et en secondes noces veuve de l'empereur Claudius.

JUNIE, amante de Britannicus.

BURRHUS, gouverneur de Néron.

NARCISSE, gouverneur de Britannicus.

ALBINE, confidente d'Agrippine.

GARDES.

La scène est à Rome, dans une chambre du palais de Néron.

# BRITANNICUS,

## TRAGÉDIE.

## ACTE PREMIER.

### SCÈNE I.

AGRIPPINE, ALBINE.

ALBINE.

Quoi! tandis que Néron s'abandonne au sommeil,
Faut-il que vous veniez attendre son réveil?
Qu'errant dans le palais, sans suite et sans escorte,
La mère de César veille seule à sa porte?
Madame, retournez dans votre appartement.

AGRIPPINE.

Albine, il ne faut pas s'éloigner un moment.
Je veux l'attendre ici : les chagrins qu'il me cause
M'occuperont assez tout le temps qu'il repose.
Tout ce que j'ai prédit n'est que trop assuré;
Contre Britannicus Néron s'est déclaré.
L'impatient Néron cesse de se contraindre;
Las de se faire aimer, il veut se faire craindre.
Britannicus le gêne, Albine; et chaque jour
Je sens que je deviens importune à mon tour.

ALBINE.

Quoi, vous à qui Néron doit le jour qu'il respire!
Qui l'avez appelé de si loin à l'empire!

Vous qui, déshéritant le fils de Claudius,
Avez nommé César l'heureux Domitius!
Tout lui parle, madame, en faveur d'Agrippine :
Il vous doit son amour.

AGRIPPINE.

Il me le doit, Albine:
Tout, s'il est généreux, lui prescrit cette loi;
Mais tout, s'il est ingrat, lui parle contre moi.

ALBINE.

S'il est ingrat, madame? Ah! toute sa conduite
Marque dans son devoir une âme trop instruite.
Depuis trois ans entiers, qu'a-t-il dit, qu'a-t-il fait
Qui ne promette à Rome un empereur parfait?
Rome, depuis trois ans par ses soins gouvernée,
Au temps de ses consuls croit être retournée:
Il la gouverne en père. Enfin, Néron naissant
A toutes les vertus d'Auguste vieillissant.

AGRIPPINE.

Non, non, mon intérêt ne me rend point injuste.
Il commence, il est vrai, par où finit Auguste;
Mais crains que, l'avenir détruisant le passé,
Il ne finisse ainsi qu'Auguste a commencé.
Il se déguise en vain : je lis sur son visage
Des fiers Domitius l'humeur triste et sauvage;
Il mêle avec l'orgueil qu'il a pris dans leur sang
La fierté des Nérons qu'il puisa dans mon flanc.
Toujours la tyrannie a d'heureuses prémices:
De Rome, pour un temps, Caïus fut les délices;
Mais, sa feinte bonté se tournant en fureur,
Les délices de Rome en devinrent l'horreur.
Que m'importe, après tout, que Néron plus fidèle,
D'une longue vertu laisse un jour le modèle?
Ai-je mis dans sa main le timon de l'état
Pour le conduire au gré du peuple et du sénat?
Ah! que de la patrie il soit, s'il veut, le père:
Mais qu'il songe un peu plus qu'Agrippine est sa mère.

De quel nom cependant pouvons-nous appeler
L'attentat que le jour vient de nous révéler ?
Il sait, car leur amour ne peut être ignorée,
Que de Britannicus Junie est adorée :
Et ce même Néron, que la vertu conduit,
Fait enlever Junie au milieu de la nuit !
Que veut-il ? Est-ce haine, est-ce amour qui l'inspire ?
Cherche-t-il seulement le plaisir de leur nuire ?
Ou plutôt n'est-ce point que sa malignité
Punit sur eux l'appui que je leur ai prêté ?

ALBINE.

Vous leur appui, madame !

AGRIPPINE.

Arrête, chère Albine.
Je sais que j'ai moi seule avancé leur ruine ;
Que du trône, où le sang l'a dû faire monter,
Britannicus par moi s'est vu précipiter.
Par moi seule éloigné de l'hymen d'Octavie,
Le frère de Junie abandonna la vie,
Silanus, sur qui Claude avait jeté les yeux,
Et qui comptait Auguste au rang de ses aïeux.
Néron jouit de tout : et moi, pour récompense,
Il faut qu'entre eux et lui je tienne la balance,
Afin que quelque jour, par une même loi,
Britannicus la tienne entre mon fils et moi.

ALBINE.

Quel dessein !

AGRIPPINE.

Je m'assure un port dans la tempête.
Néron m'échappera, si ce frein ne l'arrête.

ALBINE.

Mais prendre contre un fils tant de soins superflus ?

AGRIPPINE.

Je le craindrais bientôt, s'il ne me craignait plus.

ALBINE.

Une injuste frayeur vous alarme peut-être.

Mais si Néron pour vous n'est plus ce qu'il doit être,
Du moins son changement ne vient pas jusqu'à nous;
Et ce sont des secrets entre César et vous.
Quelques titres nouveaux que Rome lui défère,
Néron n'en reçoit point qu'il ne donne à sa mère.
Sa prodigue amitié ne se réserve rien;
Votre nom est dans Rome aussi saint que le sien:
A peine parle-t-on de la triste Octavie.
Auguste votre aïeul honora moins Livie:
Néron devant sa mère a permis le premier
Qu'on portât des faisceaux couronnés de laurier.
Quels effets voulez-vous de sa reconnaissance?

AGRIPPINE.

Un peu moins de respect, et plus de confiance.
Tous ces présens, Albine, irritent mon dépit:
Je vois mes honneurs croître, et tomber mon crédit.
Non, non, le temps n'est plus que Néron jeune encore
Me renvoyait les vœux d'une cour qui l'adore;
Lorsqu'il se reposait sur moi de tout l'état;
Que mon ordre au palais assemblait le sénat;
Et que derrière un voile, invisible et présente,
J'étais de ce grand corps l'âme toute-puissante
Des volontés de Rome alors mal assuré,
Néron de sa grandeur n'était point enivré.
Ce jour, ce triste jour frappe encor ma mémoire,
Où Néron fut lui-même ébloui de sa gloire,
Quand les ambassadeurs de tant de rois divers
Vinrent le reconnaître au nom de l'univers.
Sur son trône avec lui j'allais prendre ma place:
J'ignore quel conseil prépara ma disgrace;
Quoi qu'il en soit, Néron, d'aussi loin qu'il me vit,
Laissa sur son visage éclater son dépit.
Mon cœur même en conçut un malheureux augure.
L'ingrat, d'un faux respect colorant son injure,
Se leva par avance, et courant m'embrasser,
Il m'écarta du trône où je m'allais placer.

Depuis ce coup fatal le pouvoir d'Agrippine
Vers sa chute à grands pas chaque jour s'achemine.
L'ombre seule m'en reste, et l'on n'implore plus
Que le nom de Sénèque et l'appui de Burrhus.

ALBINE.

Ah! si de ce soupçon votre âme est prévenue,
Pourquoi nourrissez-vous le venin qui vous tue?
Daignez avec César vous éclaircir du moins.

AGRIPPINE.

César ne me voit plus, Albine, sans témoins:
En public, à mon heure, on me donne audience.
Sa réponse est dictée, et même son silence.
Je vois deux surveillans, ses maîtres et les miens,
Présider l'un ou l'autre à tous nos entretiens.
Mais je le poursuivrai d'autant plus qu'il m'évite:
De son désordre, Albine, il faut que je profite.
J'entends du bruit; on ouvre. Allons subitement
Lui demander raison de cet enlèvement:
Surprenons, s'il se peut, les secrets de son âme.
Mais quoi! déjà Burrhus sort de chez lui!

## SCÈNE II.

AGRIPPINE, BURRHUS, ALBINE.

BURRHUS.

Madame,
Au nom de l'empereur j'allais vous informer
D'un ordre qui d'abord a pu vous alarmer,
Mais qui n'est que l'effet d'une sage conduite,
Dont César a voulu que vous soyez instruite.

AGRIPPINE.

Puisqu'il le veut, entrons; il m'en instruira mieux.

BURRHUS.

César pour quelque temps s'est soustrait à nos yeux.
Déjà par une porte au public moins connue
L'un et l'autre consul vous avaient prévenue,

Madame. Mais souffrez que je retourne exprès...

AGRIPPINE.

Non, je ne trouble point ses augustes secrets.
Cependant voulez-vous qu'avec moins de contrainte
L'un et l'autre une fois nous nous parlions sans feinte?

BURRHUS.

Burrhus pour le mensonge eut toujours trop d'horreur.

AGRIPPINE.

Prétendez-vous long-temps me cacher l'empereur?
Ne le verrai-je plus qu'à titre d'importune?
Ai-je donc élevé si haut votre fortune
Pour mettre une barrière entre mon fils et moi?
Ne l'osez-vous laisser un moment sur sa foi?
Entre Sénèque et vous disputez-vous la gloire
A qui m'effacera plus tôt de sa mémoire?
Vous l'ai-je confié pour en faire un ingrat,
Pour être, sous son nom, les maîtres de l'état?
Certes, plus je médite, et moins je me figure
Que vous m'osiez compter pour votre créature;
Vous, dont j'ai pu laisser vieillir l'ambition
Dans les honneurs obscurs de quelque légion;
Et moi, qui sur le trône ai suivi mes ancêtres,
Moi, fille, femme, sœur et mère de vos maîtres.
Que prétendez-vous donc? Pensez-vous que ma voix
Ait fait un empereur pour m'en imposer trois!
Néron n'est plus enfant: n'est-il pas temps qu'il règne?
Jusqu'à quand voulez-vous que l'empereur vous craigne?
Ne saurait-il rien voir qu'il n'emprunte vos yeux?
Pour se conduire enfin n'a-t-il pas ses aïeux?
Qu'il choisisse, s'il veut, d'Auguste ou de Tibère;
Qu'il imite, s'il peut, Germanicus mon père.
Parmi tant de héros je n'ose me placer;
Mais il est des vertus que je lui puis tracer:
Je puis l'instruire au moins combien sa confidence
Entre un sujet et lui doit laisser de distance.

BURRHUS.

Je ne m'étais chargé dans cette occasion
Que d'excuser César d'une seule action :
Mais puisque sans vouloir que je le justifie,
Vous me rendez garant du reste de sa vie,
Je répondrai, madame, avec la liberté
D'un soldat qui sait mal farder la vérité.
Vous m'avez de César confié la jeunesse ;
Je l'avoue, et je dois m'en souvenir sans cesse.
Mais vous avais-je fait serment de le trahir,
D'en faire un empereur qui ne sut qu'obéir?
Non. Ce n'est plus à vous qu'il faut que j'en réponde ;
Ce n'est plus votre fils, c'est le maître du monde.
J'en dois compte, madame, à l'empire romain,
Qui croit voir son salut ou sa perte en ma main.
Ah ! si dans l'ignorance il le fallait instruire,
N'avait-on que Sénèque et moi pour le séduire?
Pourquoi de sa conduite éloigner les flatteurs?
Fallait-il dans l'exil chercher des corrupteurs ?
La cour de Claudius, en esclaves fertile,
Pour deux que l'on cherchait en eût présenté mille,
Qui tous auraient brigué l'honneur de l'avilir :
Dans une longue enfance ils l'auraient fait vieillir.
De quoi vous plaignez-vous, madame? On vous révère :
Ainsi que par César, on jure par sa mère.
L'empereur, il est vrai, ne vient plus chaque jour
Mettre à vos pieds l'empire et grossir votre cour :
Mais le doit-il, madame? et sa reconnaissance
Ne peut-elle éclater que dans sa dépendance?
Toujours humble, toujours le timide Néron
N'ose-t-il être Auguste et César que de nom?
Vous le dirai-je enfin? Rome le justifie.
Rome, à trois affranchis, si long-temps asservie :
A peine respirant du joug qu'elle a porté,
Du règne de Néron compte sa liberté.
Que dis-je? la vertu semble même renaître.

Tout l'empire n'est plus la dépouille d'un maître :
Le peuple au champ de Mars nomme ses magistrats ;
César nomme les chefs sur la foi des soldats ;
Thraséas au sénat, Corbulon dans l'armée,
Sont encore innocens, malgré leur renommée,
Les déserts autrefois peuplés de sénateurs,
Ne sont plus habités que par leurs délateurs.
Qu'importe que César continue à nous croire,
Pourvu que nos conseils ne tendent qu'à sa gloire ;
Pourvu que dans le cours d'un règne florissant
Rome soit toujours libre, et César tout-puissant ?
Mais, madame, Néron suffit pour se conduire.
J'obéis, sans prétendre à l'honneur de l'instruire.
Sur ses aïeux, sans doute, il n'a qu'à se régler ;
Pour bien faire, Néron n'a qu'à se ressembler.
Heureux si ses vertus l'une à l'autre enchaînées
Ramènent tous les ans ses premières années !

AGRIPPINE.

Ainsi, sur l'avenir n'osant-vous assurer,
Vous croyez que sans vous Néron va s'égarer.
Mais vous, qui jusqu'ici content de votre ouvrage
Venez de ses vertus nous rendre témoignage,
Expliquez-nous pourquoi, devenu ravisseur,
Néron de Silanus fait enlever la sœur ?
Ne tient-il qu'à marquer de cette ignominie
Le sang de mes aïeux qui brille dans Junie ?
De quoi l'accuse-t-il ? et par quel attentat
Devient-elle en un jour criminelle d'état ;
Elle qui, sans orgueil jusqu'alors élevée,
N'aurait point vu Néron, s'il ne l'eût enlevée.
Et qui même aurait mis au rang de ses bienfaits
L'heureuse liberté de ne le voir jamais ?

BURRHUS.

Je sais que d'aucun crime elle n'est soupçonnée.
Mais jusqu'ici César ne l'a point condamnée,
Madame : aucun objet ne blesse ici ses yeux ;

Elle est dans un palais tout plein de ses aïeux.
Vous savez que les droits qu'elle porte avec elle
Peuvent de son époux faire un prince rebelle ;
Que le sang de César ne se doit allier
Qu'à ceux à qui César le veut bien confier :
Et vous même avouerez qu'il ne serait pas juste
Qu'on disposât sans lui de la nièce d'Auguste.

AGRIPPINE.

Je vous entends : Néron m'apprend par votre voix
Qu'en vain Britannicus s'assure sur mon choix.
En vain, pour détourner ses yeux de sa misère,
J'ai flatté son amour d'un hymen qu'il espère ;
A ma confusion, Néron veut faire voir
Qu'Agrippine promet par-delà son pouvoir.
Rome de ma faveur est trop préoccupée ;
Il veut par cet affront qu'elle soit détrompée,
Et que tout l'univers apprenne avec terreur
A ne confondre plus mon fils et l'empereur.
Il le peut. Toutefois j'ose encore lui dire
Qu'il doit avant ce coup affermir son empire ;
Et qu'en me réduisant à la nécessité
D'éprouver contre lui ma faible autorité,
Il expose la sienne ; et que dans la balance
Mon nom peut-être aura plus de poids qu'il ne pense.

BURRHUS.

Quoi, madame, toujours soupçonner son respect !
Ne peut-il faire un pas qu'il ne vous soit suspect ?
L'empereur vous croit-il du parti de Junie ?
Avec Britannicus vous croit-il réunie ?
Quoi ! de vos ennemis devenez-vous l'appui,
Pour trouver un prétexte à vous plaindre de lui ?
Sur le moindre discours qu'on pourra vous redire,
Serez-vous toujours prête à partager l'empire ?
Vous craindrez-vous sans cesse ? et vos embrassemens
Ne se passeront-ils qu'en éclaircissemens ?
Ah ! quittez d'un censeur la triste diligence :

D'une mère facile affectez l'indulgence :
Souffrez quelques froideurs sans les faire éclater ;
Et n'avertissez point la cour de vous quitter.

AGRIPPINE.

Et qui s'honorerait de l'appui d'Agrippine,
Lorsque Néron lui-même annonce ma ruine ;
Lorsque de sa présence il semble me bannir ;
Quand Burrhus à sa porte ose me retenir ?

BURRHUS.

Madame, je vois bien qu'il est temps de me taire,
Et que ma liberté commence à vous déplaire.
La douleur est injuste ; et toutes les raisons
Qui ne la flattent point aigrissent ses soupçons.
Voici Britannicus. Je lui cède ma place.
Je vous laisse écouter et plaindre sa disgrace,
Et peut-être, madame, en accuser les soins
De ceux que l'empereur a consultés le moins.

## SCÈNE III.

AGRIPPINE, BRITANNICUS, NARCISSE, ALBINE.

AGRIPPINE.

Ah, prince ! où courez-vous ? Quelle ardeur inquiète
Parmi vos ennemis en aveugle vous jette ?
Que venez-vous chercher ?

BRITANNICUS.

Ce que je cherche ? Ah dieux !
Tout ce que j'ai perdu, madame, est en ces lieux.
De mille affreux soldats Junie environnée
S'est vue en ce palais indignement traînée.
Hélas ! de quelle horreur ses timides esprits
A ce nouveau spectacle auront été surpris !
Enfin on me l'enlève. Une loi trop sévère
Va séparer deux cœurs qu'assemblait leur misère :
Sans doute on ne veut pas que, mêlant nos douleurs,
Nous nous aidions l'un l'autre à porter nos malheurs.

AGRIPPINE.

Il suffit. Comme vous je ressens vos injures ;
Mes plaintes ont déjà précédé vos murmures.
Mais je ne prétends pas qu'un impuissant courroux
Dégage ma parole et m'acquitte envers vous.
Je ne m'explique point. Si vous voulez m'entendre,
Suivez-moi chez Pallas où je vais vous attendre.

## SCÈNE IV.

### BRITANNICUS, NARCISSE.

BRITANNICUS.

La croirai-je, Narcisse ? et dois-je sur sa foi
La prendre pour arbitre entre son fils et moi ?
Qu'en dis-tu ? N'est-ce pas cette même Agrippine
Que mon père épousa jadis pour ma ruine,
Et qui, si je t'en crois, a de ses derniers jours
Trop lents pour ses desseins, précipité le cours ?

NARCISSE.

N'importe : elle se sent comme vous outragée ;
A vous donner Junie elle s'est engagée.
Unissez vos chagrins ; liez vos intérêts.
Ce palais retentit en vain de vos regrets :
Tandis qu'on vous verra d'une voix suppliante
Semer ici la crainte et non pas l'épouvante,
Que vos ressentimens se perdront en discours,
Il n'en faut point douter, vous vous plaindrez toujours.

BRITANNICUS.

Ah, Narcisse ! tu sais si de la servitude
Je prétends faire encore une longue habitude ;
Tu sais si pour jamais, de ma chute étonné,
Je renonce à l'empire où j'étais destiné.
Mais je suis seul encor : les amis de mon père
Sont autant d'inconnus que glace ma misère ;
Et ma jeunesse même écarte loin de moi
Tous ceux qui dans le cœur me réservent leur foi.

Pour moi, depuis un an qu'un peu d'expérience
M'a donné de mon sort la triste connaissance,
Que vois-je autour de moi, que des amis vendus
Qui sont de tous mes pas les témoins assidus,
Qui, choisis par Néron pour ce commerce infâme,
Trafiquent avec lui des secrets de mon âme?
Quoi qu'il en soit, Narcisse, on me vend tous les jours :
Il prévoit mes desseins, il entend mes discours ;
Comme toi, dans mon cœur il sait ce qui se passe.
Que t'en semble, Narcisse?

NARCISSE.

Ah! quelle âme assez basse...
C'est à vous de choisir des confidens discrets,
Seigneur, et de ne pas prodiguer vos secrets.

BRITANNICUS.

Narcisse, tu dis vrai ; mais cette défiance
Est toujours d'un grand cœur la dernière science :
On le trompe long-temps. Mais enfin je te croi,
Ou plutôt je fais vœu de ne croire que toi.
Mon père, il m'en souvient, m'assura de ton zèle :
Seul de ses affranchis tu m'es toujours fidèle ;
Tes yeux, sur ma conduite incessamment ouverts,
M'ont sauvé jusqu'ici de mille écueils couverts.
Va donc voir si le bruit de ce nouvel orage
Aura de nos amis excité le courage.
Examine leurs yeux, observe leurs discours ;
Vois si j'en puis attendre un fidèle secours.
Surtout dans ce palais remarque avec adresse
Avec quel soin Néron fait garder la princesse :
Sache si du péril ses beaux yeux sont remis,
Et si son entretien m'est encore permis.
Cependant de Néron je vais trouver la mère
Chez Pallas, comme toi l'affranchi de mon père :
Je vais la voir, l'aigrir, la suivre, et, s'il se peut,
M'engager sous son nom plus loin qu'elle ne veut.

# ACTE SECOND.

## SCÈNE I.

NÉRON, BURRHUS, NARCISSE, GARDES.

NÉRON.

N'en doutez point, Burrhus; malgré ses injustices,
C'est ma mère, et je veux ignorer ses caprices.
Mais je ne prétends plus ignorer ni souffrir
Le ministre insolent qui les ose nourrir.
Pallas de ses conseils empoisonne ma mère;
Il séduit chaque jour Britannicus mon frère :
Ils l'écoutent tout seul; et qui suivrait leurs pas
Les trouverait peut-être assemblés chez Pallas.
C'en est trop. De tous deux il faut que je l'écarte.
Pour la dernière fois, qu'il s'éloigne, qu'il parte;
Je le veux, je l'ordonne : et que la fin du jour
Ne le retrouve pas dans Rome ou dans ma cour.
Allez : cet ordre importe au salut de l'empire.
(*aux gardes.*)
Vous, Narcisse, approchez. Et vous, qu'on se retire.

## SCÈNE II.

NÉRON, NARCISSE.

NARCISSE.

Grâces aux dieux, seigneur, Junie entre vos mains
Vous assure aujourd'hui du reste des Romains.
Vos ennemis, déchus de leur vaine espérance,

Sont allés chez Pallas pleurer leur impuissance.
Mais que vois-je? vous-même, inquiet, étonné,
Plus que Britannicus paraissez consterné.
Que présage à mes yeux cette tristesse obscure,
Et ces sombres regards errans à l'aventure?
Tout vous rit : la fortune obéit à vos vœux.

NÉRON.

Narcisse, c'en est fait, Néron est amoureux.

NARCISSE.

Vous?

NÉRON.

Depuis un moment, mais pour toute ma vie.
J'aime, que dis-je, aimer? j'idolâtre Junie.

NARCISSE.

Vous l'aimez?

NÉRON.

Excité d'un désir curieux,
Cette nuit je l'ai vue arriver en ces lieux,
Triste, levant au ciel ses yeux mouillés de larmes,
Qui brillaient au travers des flambeaux et des armes;
Belle sans ornement, dans le simple appareil
D'une beauté qu'on vient d'arracher au sommeil.
Que veux-tu? je ne sais si cette négligence,
Les ombres, les flambeaux, les cris et le silence,
Et le farouche aspect de ses fiers ravisseurs,
Relevaient de ses yeux les timides douceurs.
Quoi qu'il en soit, ravi d'une si belle vue,
J'ai voulu lui parler, et ma voix s'est perdue :
Immobile, saisi d'un long étonnement,
Je l'ai laissé passer dans son appartement.
J'ai passé dans le mien. C'est là que, solitaire,
De son image en vain j'ai voulu me distraire.
Trop présente à mes yeux, je croyais lui parler :
J'aimais jusqu'à ses pleurs que je faisais couler.
Quelquefois, mais trop tard, je lui demandais grâce :
J'employais les soupirs, et même la menace.

Voilà comme, occupé de mon nouvel amour,
Mes yeux sans se fermer ont attendu le jour.
Mais je m'en fais peut-être une trop belle image ;
Elle m'est apparue avec trop d'avantage :
Narcisse, qu'en dis-tu?

NARCISSE.

Quoi, seigneur! croira-t-on
Qu'elle ait pu si long-temps se cacher à Néron?

NÉRON.

Tu le sais bien, Narcisse. Et soit que sa colère
M'imputât le malheur qui lui ravit son frère;
Soit que son cœur, jaloux d'une austère fierté,
Enviât à nos yeux sa naissante beauté;
Fidèle à sa douleur, et dans l'ombre enfermée,
Elle se dérobait même à sa renommée.
Et c'est cette vertu, si nouvelle à la cour,
Dont la persévérance irrite mon amour.
Quoi, Narcisse! tandis qu'il n'est point de Romaine
Que mon amour n'honore et ne rende plus vaine,
Qui, dès qu'à ses regards elle ose se fier,
Sur le cœur de César ne les vienne essayer,
Seule, dans son palais, la modeste Junie
Regarde leurs honneurs comme une ignominie!
Fuit, et ne daigne pas peut-être s'informer
Si César est aimable, ou bien s'il sait aimer!
Dis-moi, Britannicus l'aime-t-il?

NARCISSE.

Quoi! s'il l'aime,
Seigneur?

NÉRON.

Si jeune encor se connaît-il lui-même :
D'un regard enchanteur connaît-il le poison?

NARCISSE.

Seigneur, l'amour toujours n'attend pas la raison.
N'en doutez point, il l'aime. Instruits par tant de charmes,
Ses yeux sont déjà faits à l'usage des larmes ;
A ses moindres désirs il sait s'accommoder ;

Et peut-être déjà sait-il persuader.

NÉRON.

Que dis-tu ? Sur son cœur il aurait quelque empire ?

NARCISSE.

Je ne sais. Mais, seigneur, ce que je puis vous dire,
Je l'ai vu quelquefois s'arracher de ces lieux,
Le cœur plein d'un courroux qu'il cachait à vos yeux,
D'une cour qui le fuit pleurant l'ingratitude,
Las de votre grandeur et de sa servitude,
Entre l'impatience et la crainte flottant ;
Il allait voir Junie, et revenait content.

NÉRON.

D'autant plus malheureux qu'il aura su lui plaire,
Narcisse, il doit plutôt souhaiter sa colère :
Néron impunément ne sera pas jaloux.

NARCISSE.

Vous ? et de quoi, seigneur, vous inquiétez-vous ?
Junie a pu le plaindre et partager ses peines ;
Elle n'a vu couler de larmes que les siennes :
Mais aujourd'hui, seigneur, que ses yeux dessillés,
Regardant de plus près l'éclat dont vous brillez,
Verront autour de vous les rois sans diadème,
Inconnus dans la foule, et son amant lui-même,
Attachés sur vos yeux, s'honorer d'un regard
Que vous aurez sur eux fait tomber au hasard ;
Quand elle vous verra, de ce degré de gloire,
Venir en soupirant avouer sa victoire ;
Maître, n'en doutez point, d'un cœur déjà charmé,
Commandez qu'on vous aime, et vous serez aimé.

NÉRON.

A combien de chagrins il faut que je m'apprête !
Que d'importunités !

NARCISSE.

Quoi donc ! qui vous arrête,
Seigneur ?

NÉRON.

Tout ; Octavie, Agrippine, Burrhus,

Sénèque, Rome entière, et trois ans de vertus.
Non que pour Octavie un reste de tendresse
M'attache à son hymen et plaigne sa jeunesse :
Mes yeux, depuis long-temps fatigués de ses soins,
Rarement de ses pleurs daignent en être témoins.
Trop heureux si bientôt la faveur d'un divorce
Me soulageait d'un joug qu'on m'imposa par force!
Le ciel même en secret semble la condamner :
Ses vœux depuis quatre ans ont beau l'importuner,
Les dieux ne montrent point que sa vertu les touche,
D'aucun gage, Narcisse, ils n'honorent sa couche ;
L'empire vainement demande un héritier.

NARCISSE.

Que tardez-vous, seigneur, à la répudier?
L'empire, votre cœur, tout condamne Octavie.
Auguste votre aïeul soupirait pour Livie :
Par un double divorce ils s'unirent tous deux ;
Et vous devez l'empire à ce divorce heureux.
Tibère, que l'hymen plaça dans sa famille,
Osa bien à ses yeux répudier sa fille.
Vous seul, jusques ici contraire à vos désirs,
N'osez par un divorce assurer vos plaisirs!

NÉRON.

Et ne connais-tu pas l'implacable Agrippine?
Mon amour inquiet déjà se l'imagine
Qui m'amène Octavie, et d'un œil enflammé
Atteste les saints droits d'un nœud qu'elle a formé,
Et, portant à mon cœur des atteintes plus rudes,
Me fait un long récit de mes ingratitudes.
De quel front soutenir ce fâcheux entretien?

NARCISSE.

N'êtes-vous pas, seigneur, votre maître et le sien?
Vous verrons-nous toujours trembler sous sa tutelle?
Vivez, régnez pour vous : c'est trop régner pour elle.
Craignez-vous? Mais, seigneur, vous ne la craignez pas.
Vous venez de bannir le superbe Pallas,

Pallas dont vous savez qu'elle soutient l'audace.

NÉRON.

Éloigné de ses yeux, j'ordonne, je menace,
J'écoute vos conseils, j'ose les approuver,
Je m'excite contre elle, et tâche à la braver :
Mais, je t'expose ici mon âme toute nue;
Sitôt que mon malheur me ramène à sa vue,
Soit que je n'ose encor démentir le pouvoir
De ces yeux où j'ai lu si long-temps mon devoir,
Soit qu'à tant de bienfaits ma mémoire fidèle
Lui soumette en secret tout ce que je tiens d'elle,
Mais enfin mes efforts ne me servent de rien :
Mon génie étonné tremble devant le sien.
Et c'est pour m'affranchir de cette dépendance,
Que je la fuis partout, que même je l'offense,
Et que de temps en temps j'irrite ses ennuis,
Afin qu'elle m'évite autant que je la fuis.
Mais je t'arrête trop : retire-toi, Narcisse;
Britannicus pourrait t'accuser d'artifice.

NARCISSE.

Non, non; Britannicus s'abandonne à ma foi.
Par son ordre, seigneur, il croit que je vous voi,
Que je m'informe ici de tout ce qui le touche,
Et veut de vos secrets être instruit par ma bouche :
Impatient surtout de revoir ses amours,
Il attend de mes soins ce fidèle secours.

NÉRON.

J'y consens; porte-lui cette douce nouvelle :
Il la verra.

NARCISSE.

Seigneur, bannissez-le loin d'elle.

NÉRON.

J'ai mes raisons, Narcisse; et tu peux concevoir
Que je lui vendrai cher le plaisir de la voir.
Cependant vante-lui ton heureux stratagème;
Dis-lui qu'en sa faveur on me trompe moi-même.

Qu'il la voit sans mon ordre. On ouvre ; la voici.
Va retrouver ton maître, et l'amener ici.

## SCÈNE III.

### NÉRON, JUNIE.

NÉRON.

Vous vous troublez, madame, et changez de visage :
Lisez-vous dans mes yeux quelque triste présage!

JUNIE.

Seigneur, je ne vous puis déguiser mon erreur ;
J'allais voir Octavie, et non pas l'empereur.

NÉRON.

Je le sais bien, madame, et n'ai pu sans envie
Apprendre vos bontés pour l'heureuse Octavie.

JUNIE.

Vous, seigneur?

NÉRON.

Pensez-vous, madame, qu'en ces lieux
Seule pour vous connaître Octavie ait des yeux!

JUNIE.

Et quel autre, seigneur, voulez-vous que j'implore?
A qui demanderai-je un crime que j'ignore?
Vous qui le punissez, vous ne l'ignorez pas :
De grâce, apprenez-moi, seigneur, mes attentats.

NÉRON.

Quoi, madame! est-ce donc une légère offense
De m'avoir si long-temps caché votre présence?
Ces trésors dont le ciel voulut vous embellir,
Les avez-vous reçus pour les ensevelir?
L'heureux Britannicus verra-t-il sans alarmes
Croître, loin de nos yeux, son amour et vos charmes.
Pourquoi, de cette gloire exclus jusqu'à ce jour,
M'avez-vous, sans pitié, relégué dans ma cour?
On dit plus : vous souffrez sans en être offensée
Qu'il vous ose, madame, expliquer sa pensée,

Car je ne croirai point que sans me consulter
La sévère Junie ait voulu le flatter,
Ni qu'elle ait consenti d'aimer et d'être aimée,
Sans que j'en sois instruit que par la renommée.

JUNIE.

Je ne vous nierai point, seigneur, que ses soupirs
M'ont daigné quelquefois expliquer ses désirs.
Il n'a point détourné ses regards d'une fille,
Seul reste du débris d'une illustre famille :
Peut-être il se souvient qu'en un temps plus heureux
Son père me nomma pour l'objet de ses vœux.
Il m'aime ; il obéit à l'empereur son père,
Et j'ose dire encore, à vous, à votre mère :
Vos désirs sont toujours si conformes aux siens...

NÉRON.

Ma mère a ses desseins, madame, et j'ai les miens.
Ne parlons plus ici de Claude et d'Agrippine ;
Ce n'est point par leur choix que je me détermine.
C'est à moi seul, madame, à répondre de vous ;
Et je veux de ma main vous choisir un époux.

JUNIE.

Ah, seigneur! songez-vous que toute autre alliance
Fera honte aux Césars, auteurs de ma naissance?

NÉRON.

Non, madame ; l'époux dont je vous entretiens
Peut sans honte assembler vos aïeux et les siens :
Vous pouvez, sans rougir, consentir à sa flamme.

JUNIE.

Et quel est donc, seigneur, cet époux?

NÉRON.

Moi, madame.

JUNIE.

Vous!

NÉRON.

Je vous nommerais, madame, un autre nom,
Si j'en savais quelque autre au-dessus de Néron.

Oui, pour vous faire un choix où vous puissiez souscrire,
J'ai parcouru des yeux la cour, Rome et l'empire.
Plus j'ai cherché, madame, et plus je cherche encor
En quelles mains je dois confier ce trésor;
Plus je vois que César, digne seul de vous plaire,
En doit être lui seul l'heureux dépositaire,
Et ne peut dignement vous confier qu'aux mains
A qui Rome a commis l'empire des humains.
Vous-même, consultez vos premières années:
Claudius à son fils les avait destinées;
Mais c'était en un temps où de l'empire entier
Il croyait quelque jour le nommer l'héritier.
Les dieux ont prononcé. Loin de leur contredire,
C'est à vous de passer du côté de l'empire.
En vain de ce présent ils m'auraient honoré,
Si votre cœur devait en être séparé;
Si tant de soins ne sont adoucis par vos charmes;
Si, tandis que je donne aux veilles, aux alarmes,
Des jours toujours à plaindre et toujours enviés,
Je ne vais quelquefois respirer à vos pieds.
Qu'Octavie à vos yeux ne fasse point d'ombrage;
Rome, aussi bien que moi, vous donne son suffrage,
Répudie Octavie, et me fait dénouer
Un hymen que le ciel ne veut point avouer.
Songez-y donc, madame, et pesez en vous-même
Ce choix digne des soins d'un prince qui vous aime,
Digne de vos beaux yeux trop long-temps captivés,
Digne de l'univers à qui vous vous devez.

JUNIE.

Seigneur, avec raison je demeure étonnée.
Je me vois dans le cours d'une même journée,
Comme une criminelle amenée en ces lieux;
Et lorsque avec frayeur je parais à vos yeux,
Que sur mon innocence à peine je me fie,
Vous m'offrez tout d'un coup la place d'Octavie.
J'ose dire pourtant que je n'ai mérité

Ni cet excès d'honneur, ni cette indignité.
Et pouvez-vous, seigneur, souhaiter qu'une fille
Qui vit presque en naissant éteindre sa famille,
Qui, dans l'obscurité nourrissant sa douleur,
S'est fait une vertu conforme à son malheur,
Passe subitement de cette nuit profonde
Dans un rang qui l'expose aux yeux de tout le monde,
Dont je n'ai pu de loin soutenir la clarté,
Et dont une autre enfin remplit la majesté?

NÉRON.

Je vous ai déja dit que je la répudie -
Ayez moins de frayeur ou moins de modestie.
N'accusez point ici mon choix d'aveuglement :
Je vous réponds de vous; consentez seulement.
Du sang dont vous sortez rappelez la mémoire;
Et ne préférez point à la solide gloire
Des honneurs dont César prétend vous revêtir
La gloire d'un refus sujet au repentir.

JUNIE.

Le ciel connaît, seigneur, le fond de ma pensée.
Je ne me flatte point d'une gloire insensée;
Je sais de vos présens mesurer la grandeur :
Mais plus ce rang sur moi répandrait de splendeur,
Plus il me ferait honte, et mettrait en lumière
Le crime d'en avoir dépouillé l'héritière.

NÉRON.

C'est de ses intérêts prendre beaucoup de soin,
Madame; et l'amitié ne peut aller plus loin.
Mais ne nous flattons point, et laissons le mystère.
La sœur vous touche ici beaucoup moins que le frère,
Et pour Britannicus...

JUNIE.

Il a su me toucher,
Seigneur; et je n'ai point prétendu m'en cacher.
Cette sincérité sans doute est peu discrète;
Mais toujours de mon cœur ma bouche est l'interprète:

Absente de la cour, je n'ai pas dû penser,
Seigneur, qu'en l'art de feindre il fallut m'exercer.
J'aime Britannicus. Je lui fus destinée
Quand l'empire devait suivre son hyménée :
Mais ces mêmes malheurs qui l'en ont écarté,
Ses honneurs abolis, son palais déserté,
La fuite d'une cour que sa chute a bannie,
Sont autant de liens qui retiennent Junie.
Tout ce que vous voyez conspire à vos désirs ;
Vos jours toujours sereins coulent dans les plaisirs,
L'empire en est pour vous l'inépuisable source :
Ou, si quelque chagrin en interrompt la course,
Tout l'univers, soigneux de les entretenir,
S'empresse à l'effacer de votre souvenir.
Britannicus est seul : quelque ennui qui le presse,
Il ne voit dans son sort que moi qui s'intéresse,
Et n'a pour tout plaisirs, seigneur, que quelques pleurs
Qui lui font quelquefois oublier ses malheurs.

NÉRON.

Et ce sont ces plaisirs et ces pleurs que j'envie,
Que tout autre que lui me paierait de sa vie.
Mais je garde à ce prince un traitement plus doux :
Madame, il va bientôt paraître devant vous.

JUNIE.

Ah, seigneur ! vos vertus m'ont toujours rassurée.

NÉRON.

Je pouvais de ce lieu lui défendre l'entrée ;
Mais, madame, je veux prévenir le danger
Où son ressentiment le pourrait engager.
Je ne veux point le perdre ; il vaut mieux que lui-même
Entende son arrêt de la bouche qu'il aime.
Si ses jours vous sont chers, éloignez-le de vous
Sans qu'il ait aucun lieu de me croire jaloux.
De son bannissement prenez sur vous l'offense :
Et, soit par vos discours, soit par votre silence,
Du moins par vos froideurs, faites-lui concevoir

Qu'il doit porter ailleurs ses vœux et son espoir.

JUNIE.

Moi ! que je lui prononce un arrêt si sévère !
Ma bouche mille fois lui jura le contraire.
Quand même jusque-là je pourrais m'e trahir,
Mes yeux lui défendront, seigneur, de m'obéir.

NÉRON.

Caché près de ces lieux, je vous verrai, madame.
Renfermez votre amour dans le fond de votre ame :
Vous n'aurez point pour moi de langages secrets ;
J'entendrai des regards que vous croirez muets ;
Et sa perte sera l'infaillible salaire
D'un geste ou d'un soupir échappé pour lui plaire.

JUNIE.

Hélas ! si j'ose encor former quelques souhaits,
Seigneur, permettez-moi de ne le voir jamais.

## SCÈNE IV.

NÉRON, JUNIE, NARCISSE.

NARCISSE.

Britannicus, seigneur, demande la princesse ;
Il approche.

NÉRON.

Qu'il vienne.

JUNIE.

Ah, seigneur !

NÉRON.

Je vous laisse :
Sa fortune dépend de vous plus que de moi :
Madame, en le voyant, que je vous vois.

## SCÈNE V.

JUNIE, NARCISSE.

JUNIE.

Ah ! cher Narcisse, cours au-devant de ton maître ;

Dis-lui... Je suis perdue! et je le vois paraître.

## SCÈNE VI.

### JUNIE, BRITANNICUS, NARCISSE.

BRITANNICUS.

Madame, quel bonheur me raproche de vous?
Quoi! je puis donc jouir d'un entretien si doux?
Mais parmi ce plaisir quel chagrin me dévore?
Hélas! puis-je espérer de vous revoir encore?
Faut-il que je dérobe, avec mille détours,
Un bonheur que vos yeux m'accordaient tous les jours?..
Quelle nuit! quel réveil! Vos pleurs, votre présence
N'ont point de ces cruels désarmé l'insolence?
Que faisait votre amant? Quel démon envieux
M'a refusé l'honneur de mourir à vos yeux?
Hélas! dans la frayeur dont vous étiez atteinte,
M'avez-vous en secret adressé quelque plainte?
Ma princesse, avez-vous daigné me souhaiter?
Songiez-vous aux douleurs que vous m'alliez coûter?..
Vous ne me dites rien! quel accueil! quelle glace!
Est-ce ainsi que vos yeux consolent ma disgrâce?
Parlez: nous sommes seuls. Notre ennemi, trompé,
Tandis que je vous parle est ailleurs occupé:
Ménageons les momens de cette heureuse absence.

JUNIE.

Vous êtes en des lieux tous pleins de sa puissance:
Ces murs même, seigneur, peuvent avoir des yeux;
Et jamais l'empereur n'est absent de ces lieux.

BRITANNICUS.

Et depuis quand, madame, êtes-vous si craintive?
Quoi! déja votre amour souffre qu'on le captive?
Qu'est devenu ce cœur qui me jurait toujours
De faire à Néron même envier nos amours?
Mais bannissez, madame, une inutile crainte:
La foi dans tous les cœurs n'est pas encore éteinte;

Chacun semble des yeux approuver mon courroux ;
La mère de Néron se déclare pour nous.
Rome, de sa conduite elle-même offensée...

JUNIE.

Ah, seigneur! vous parlez contre votre pensée.
Vous-même, vous m'avez avoué mille fois
Que Rome le louait d'une commune voix :
Toujours à sa vertu vous rendiez quelque hommage.
Sans doute la douleur vous dicte ce langage.

BRITANNICUS.

Ce discours me surprend, il le faut avouer :
Je ne vous cherchais pas pour l'entendre louer.
Quoi! pour vous confier la douleur qui m'accable,
A peine je dérobe un moment favorable;
Et ce moment si cher, madame, est consumé
A louer l'ennemi dont je suis opprimé!
Qui vous rend à vous-même, en un jour, si contraire?
Quoi! même vos regards ont appris à se taire?
Que vois-je? vous craignez de rencontrer mes yeux!
Néron vous plairait-il? Vous serais-je odieux?
Ah! si je le croyais!... Au nom des Dieux, madame,
Éclaircissez le trouble où vous jetez mon ame.
Parlez. Ne suis-je plus dans votre souvenir?

JUNIE.

Retirez-vous, seigneur; l'empereur va venir.

BRITANNICUS.

Après ce coup, Narcisse, à quoi dois-je m'attendre?

## SCÈNE VII.

### NÉRON, JUNIE, NARCISSE.

NÉRON.

Madame...

JUNIE.

Non, seigneur, je ne puis rien entendre.
Vous êtes obéi. Laissez couler du moins

Des larmes dont ses yeux ne seront pas témoins.

## SCÈNE VIII.

NÉRON, NARCISSE.

NÉRON.

Hé bien! de leur amour tu vois la violence,
Narcisse; elle a paru jusque dans son silence.
Elle aime mon rival, je ne puis l'ignorer :
Mais je mettrai ma joie à le désespérer.
Je me fais de sa peine une image charmante;
Et je l'ai vu douter du cœur de son amante.
Je la suis. Mon rival t'attend pour éclater :
Par de nouveaux soupçons, va, cours le tourmenter,
Et tandis qu'à mes yeux on le pleure, on l'adore,
Fais-lui payer bien cher un bonheur qu'il ignore.

NARCISSE, *seul.*

La fortune t'appelle une seconde fois,
Narcisse; voudrais-tu résister à sa voix?
Suivons jusques au bout ses ordres favorables,
Et, pour nous rendre heureux, perdons les misérables.

# ACTE TROISIÈME.

## SCÈNE I.

NÉRON, BURRHUS.

BURRHUS.

Pallas obéira, seigneur.

NÉRON.

Et de quel œil
Ma mère a-t-elle vu confondre son orgueil ?

BURRHUS.

Ne doutez point, seigneur, que ce coup ne la frappe ;
Qu'en reproches bientôt sa douleur ne s'échappe.
Ses transports dès long-temps commencent d'éclater :
A d'inutiles cris puissent-ils s'arrêter !

NÉRON.

Quoi ! de quelque dessein la croyez-vous capable ?

BURRHUS.

Agrippine, seigneur, est toujours redoutable.
Rome et tous vos soldats révèrent ses aïeux ;
Germanicus son père est présent à leurs yeux.
Elle sait son pouvoir ; vous savez son courage :
Et ce qui me la fait redouter davantage,
C'est que vous appuyez vous-même son courroux,
Et que vous lui donnez des armes contre vous.

NÉRON.

Moi, Burrhus ?

BURRHUS.

Cet amour, seigneur, qui vous possède..,

NÉRON.

Je vous entends, Burrhus. Le mal est sans remède :
Mon cœur s'en est plus dit que vous ne m'en direz ;
Il faut que j'aime enfin.

BURRHUS.

Vous vous le figurez,
Seigneur ; et, satisfait de quelque résistance,
Vous redoutez un mal faible dans sa naissance.
Mais si dans son devoir votre cœur affermi
Voulait ne point s'entendre avec son ennemi ;
Si de vos premiers ans vous consultiez la gloire ;
Si vous daigniez, seigneur, rappeler la mémoire
Des vertus d'Octavie indignes de ce prix,
Et de son chaste amour vainqueur de vos mépris ;
Surtout si, de Junie évitant la présence,
Vous condamniez vos yeux à quelques jours d'absence,
Croyez-moi, quelque amour qui semble vous charmer,
On n'aime point, seigneur, si l'on ne veut aimer.

NÉRON.

Je vous croirai, Burrhus, lorsque dans les alarmes
Il faudra soutenir la gloire de nos armes,
Ou lorsque, plus tranquille, assis dans le sénat,
Il faudra décider du destin de l'état :
Je m'en reposerai sur votre expérience.
Mais croyez-moi, l'amour est une autre science,
Burrhus ; et je ferais quelque difficulté
D'abaisser jusque-là votre sévérité.
Adieu. Je souffre trop éloigné de Junie.

## SCÈNE II.

BURRHUS.

Enfin, Burrhus, Néron découvre son génie ;
Cette férocité que tu croyais fléchir
De tes faibles liens est prête à s'affranchir.
En quels excès peut-être elle va se répandre !

O dieux! en ce malheur quel conseil dois-je prendre?
Sénèque, dont les soins me devraient soulager,
Occupé loin de Rome, ignore ce danger.
Mais quoi! si d'Agrippine excitant la tendresse
Je pouvais... La voici : mon bonheur me l'adresse.

## SCÈNE III.

### AGRIPPINE, BURRHUS, ALBINE.

AGRIPPINE.

Hé bien! je me trompais, Burrhus, dans mes soupçons,
Et vous vous signalez par d'illustres leçons!
On exile Pallas, dont le crime peut-être
Est d'avoir à l'empire élevé votre maître.
Vous le savez trop bien ; jamais sans ses avis,
Claude qu'il gouvernait n'eût adopté mon fils.
Que dis-je? à son épouse on donne une rivale;
On affranchit Néron de la foi conjugale :
Digne emploi d'un ministre ennemi des flatteurs,
Choisi pour mettre un frein à ses jeunes ardeurs,
De les flatter lui-même, et nourrir dans son âme
Le mépris de sa mère et l'oubli de sa femme!

BURRHUS.

Madame, jusqu'ici c'est trop tôt m'accuser.
L'empereur n'a rien fait qu'on ne puisse excuser.
N'imputez qu'à Pallas un exil nécessaire :
Son orgueil dès long-temps exigeait ce salaire ;
Et l'empereur ne fait qu'accomplir à regret
Ce que toute la cour demandait en secret.
Le reste est un malheur qui n'est point sans ressource :
Des larmes d'Octavie on peut tarir la source.
Mais calmez vos transports. Par un chemin plus doux
Vous lui pourrez plutôt ramener son époux :
Les menaces, les cris, le rendront plus farouche.

AGRIPPINE.

Ah! l'on s'efforce en vain de me fermer la bouche.

Je vois que mon silence irrite vos dédains ;
Et c'est trop respecter l'ouvrage de mes mains.
Pallas n'emporte pas tout l'appui d'Agrippine ;
Le ciel m'en laisse assez pour venger ma ruine,
Le fils de Claudius commence à ressentir
Des crimes dont je n'ai que le seul repentir.
J'irai, n'en doutez point, le montrer à l'armée,
Plaindre aux yeux des soldats son enfance opprimée,
Leur faire, à mon exemple, expier leur erreur.
On verra d'un côté le fils d'un empereur
Redemandant la foi jurée à sa famille,
Et de Germanicus on entendra la fille :
De l'autre, l'on verra le fils d'Enobarbus,
Appuyé de Sénèque et du tribun Burrhus,
Qui tous deux de l'exil rappelés par moi-même,
Partagent à mes yeux l'autorité suprême.
De nos crimes communs je veux qu'on soit instruit ;
On saura les chemins par où je l'ai conduit.
Pour rendre sa puissance et la vôtre odieuses,
J'avouerai les rumeurs les plus injurieuses ;
Je confesserai tout, exils, assassinats,
Poison même...

BURRHUS.

Madame, ils ne vous croiront pas :
Ils sauront récuser l'injuste stratagême
D'un témoin irrité qui s'accuse lui-même.
Pour moi, qui le premier secondai vos desseins,
Qui fis même jurer l'armée entre ses mains,
Je ne me repens point de ce zèle sincère.
Madame, c'est un fils qui succède à son père.
En adoptant Néron, Claudius par son choix
De son fils et du vôtre a confondu les droits.
Rome l'a pu choisir. Ainsi, sans être injuste,
Elle choisit Tibère adopté par Auguste ;
Et le jeune Agrippa, de son sang descendu,
Se vit exclus du rang vainement prétendu.

Sur tant de fondemens sa puissance établie,
Par vous-même aujourd'hui ne peut être affaiblie,
Et, s'il m'écoute encor, madame, sa bonté
Vous en fera bientôt perdre la volonté.
J'ai commencé, je vais poursuivre mon ouvrage.

## SCÈNE IV.

AGRIPPINE, ALBINE.

ALBINE.

Dans quel emportement la douleur vous engage,
Madame! L'empereur puisse-t-il l'ignorer!

AGRIPPINE.

Ah! lui-même à mes yeux puissé-t-il se montrer!

ALBINE.

Madame, au nom des Dieux, cachez votre colère.
Quoi! pour les intérêts de la sœur ou du frère,
Faut-il sacrifier le repos de vos jours?
Contraindrez-vous César jusque dans ses amours?

AGRIPPINE.

Quoi! tu ne vois donc pas jusqu'où l'on me ravale,
Albine? C'est à moi qu'on donne une rivale.
Bientôt, si je ne romps ce funeste lien,
Ma place est occupée, et je ne suis plus rien.
Jusqu'ici d'un vain titre Octavie honorée,
Inutile à la cour, en était ignorée :
Les grâces, les honneurs par moi seule versés,
M'attiraient des mortels les vœux intéressés.
Une autre de César a surpris la tendresse;
Elle aura le pouvoir d'épouse et de maîtresse :
Le fruit de tant de soins, la pompe des Césars,
Tout deviendra le prix d'un seul de ses regards.
Que dis-je? l'on m'évite, et déjà délaissée...
Ah! je ne puis, Albine, en souffrir la pensée.
Quand je devrais du ciel hâter l'arrêt fatal,
Néron, l'ingrat Néron... Mais voici son rival.

## SCÈNE V.

BRITANNICUS, AGRIPPINE, NARCISSE, ALBINE.

BRITANNICUS.

Nos ennemis communs ne sont pas invincibles,
Madame; nos malheurs trouvent des cœurs sensibles.
Vos amis et les miens, jusqu'alors si secrets,
Tandis que nous perdions le temps en vains regrets,
Animés du courroux qu'allume l'injustice,
Viennent de confier leur douleur à Narcisse.
Néron n'est pas encor tranquille possesseur
De l'ingrate qu'il aime au mépris de ma sœur.
Si vous êtes toujours sensible à son injure,
On peut dans son devoir ramener le parjure.
La moitié du sénat s'intéresse pour nous;
Sylla, Pison, Plautus...

AGRIPPINE.

Prince, que dites-vous?
Sylla, Pison, Plautus, les chefs de la noblesse?

BRITANNICUS.

Madame, je vois bien que ce discours vous blesse,
Et que votre courroux, tremblant, irrésolu,
Craint déjà d'obtenir tout ce qu'il a voulu.
Non, vous avez trop bien établi ma disgrâce,
D'aucun ami pour moi ne redoutez l'audace:
Il ne m'en reste plus; et vos soins trop prudens
Les ont tous écartés ou séduits dès long-temps.

AGRIPPINE.

Seigneur, à vos soupçons donnez moins de créance;
Notre salut dépend de notre intelligence.
J'ai promis, il suffit: malgré vos ennemis,
Je ne révoque rien de ce que j'ai promis.
Le coupable Néron fuit en vain ma colère;
Tôt ou tard il faudra qu'il entende sa mère.
J'essaierai tour-à-tour la force et la douceur;

Ou moi-même, avec moi conduisant votre sœur,
J'irai semer par-tout ma crainte et ses allarmes,
Et ranger tous les cœurs du parti de ses larmes.
Adieu. J'assiégerai Néron de toutes parts.
Vous, si vous m'en croyez, évitez ses regards.

## SCÈNE VI.

BRITANNICUS, NARCISSE.

BRITANNICUS.

Ne m'as-tu point flatté d'une fausse espérance?
Puis-je sur ton récit fonder quelque assurance,
Narcisse?

NARCISSE.

Oui. Mais, seigneur, ce n'est pas en ces lieux
Qu'il faut développer ce mystère à vos yeux.
Sortons. Qu'attendez-vous?

BRITANNICUS.

Ce que j'attends, Narcisse!
Hélas!

NARCISSE.

Expliquez-vous.

BRITANNICUS.

Si par ton artifice
Je pouvais revoir...

NARCISSE.

Qui?

BRITANNICUS.

J'en rougis. Mais enfin
D'un cœur moins agité j'attendrais mon destin.

NARCISSE.

Après tout mes discours vous la croyez fidèle?

BRITANNICUS.

Non; je la crois, Narcisse, ingrate, criminelle,
Digne de mon courroux : mais je sens, malgré moi,
Que je ne le crois pas autant que je le dois.

Dans ses égaremens mon cœur opiniâtre
Lui prête des raisons, l'excuse, l'idolâtre,
Je voudrais vaincre enfin mon incrédulité :
Je la voudrais haïr avec tranquillité.
Et qui croira qu'un cœur si grand en apparence,
D'une infidèle cour ennemi dès l'enfance,
Renonce à tant de gloire, et dès le premier jour
Trame une perfidie inouïe à la cour?

NARCISSE.

Et qui sait si l'ingrate, en sa longue retraite,
N'a point de l'empereur médité la défaite?
Trop sûre que ses yeux ne pouvaient se cacher,
Peut-être elle fuyait pour se faire chercher,
Pour exciter Néron par la gloire pénible
De vaincre une fierté jusqu'alors invincible.

BRITANNICUS.

Je ne la puis donc voir?

NARCISSE.

Seigneur, en ce moment
Elle reçoit les vœux de son nouvel amant.

BRITANNICUS.

Hé bien! Narcisse, allons. Mais que vois-je? C'est elle.

NARCISSE, *à part*.

Ah, Dieux! A l'empereur portons cette nouvelle.

## SCÈNE VII.

JUNIE, BRITANNICUS.

JUNIE.

Retirez-vous, seigneur, et fuyez un courroux
Que ma persévérance allume contre vous.
Néron est irrité. Je me suis échappée,
Tandis qu'à l'arrêter sa mère est occupée.
Adieu. Réservez-vous, sans blesser mon amour,
Au plaisir de me voir justifier un jour.
Votre image sans cesse est présente à mon ame :

Rien ne l'en peut bannir.

BRITANNICUS.

Je vous entends, madame;
Vous voulez que ma fuite assure vos désirs,
Que je laisse un champ libre à vos nouveaux soupirs.
Sans doute, en me voyant, une pudeur secrète
Ne vous laisse goûter qu'une joie inquiète.
Hé bien, il faut partir!

JUNIE.

Seigneur, sans m'imputer...

BRITANNICUS.

Ah! vous deviez du moins plus long-temps disputer.
Je ne murmure point qu'une amitié commune
Se range du parti que flatte la fortune;
Que l'éclat d'un empire ait pu vous éblouir;
Qu'aux dépens de ma sœur vous en vouliez jouir:
Mais que, de ces grandeurs comme une autre occupée,
Vous m'en ayez paru si long-temps détrompée;
Non, je l'avoue encor, mon cœur désespéré
Contre ce seul malheur n'était point préparé,
J'ai vu sur ma ruine élever l'injustice;
De mes persécuteurs j'ai vu le ciel complice:
Tant d'horreurs n'avaient point épuisé son courroux,
Madame; il me restait d'être oublié de vous.

JUNIE.

Dans un temps plus heureux, ma juste impatience
Vous ferait repentir de votre défiance:
Mais Néron vous menace; en ce pressant danger,
Seigneur, j'ai d'autres soins que de vous affliger.
Allez, rassurez-vous, et cessez de vous plaindre;
Néron nous écoutait, et m'ordonnait de feindre.

BRITANNICUS.

Quoi! le cruel...

JUNIE.

Témoin de tout notre entretien,
D'un visage sévère examinait le mien,

Prêt à faire sur vous éclater la vengeance
D'un geste confident de notre intelligence.

BRITANNICUS.

Néron nous écoutait, madame! Mais, hélas!
Vos yeux auraient pu feindre et ne m'abuser pas :
Ils pouvaient me nommer l'auteur de cet outrage.
L'amour est-il muet, ou n'a-t-il qu'un langage?
De quel trouble un regard pouvait me préserver!
Il fallait...

JUNIE.

Il fallait me taire et vous sauver.
Combien de fois, hélas! puisqu'il faut vous le dire,
Mon cœur de son désordre allait-il vous instruire!
De combien de soupirs interrompant le cours
Ai-je évité vos yeux que je cherchais toujours!
Quel tourment de se taire en voyant ce qu'on aime,
De l'entendre gémir, de l'affliger soi-même,
Lorsque par un regard on peut le consoler!
Mais quels pleurs ce regard aurait-il fait couler!
Ah! dans ce souvenir, inquiète, troublée,
Je ne me sentais pas assez dissimulée :
De mon front effrayé je craignais la pâleur;
Je trouvais mes regards trop pleins de ma douleur;
Sans cesse il me semblait que Néron en colère
Me venait reprocher trop de soin de vous plaire;
Je craignais mon amour vainement renfermé;
Enfin, j'aurais voulu n'avoir jamais aimé.
Hélas! pour son bonheur, seigneur, et pour le nôtre,
Il n'est que trop instruit de mon cœur et du vôtre!
Allez, encore un coup, cachez-vous à ses yeux :
Mon cœur plus à loisir vous éclairera mieux;
De mille autres secrets j'aurai compte à vous rendre.

BRITANNICUS.

Ah! n'en voilà que trop : c'est trop me faire entendre,
Madame, mon bonheur, mon crime, vos bontés.

Et savez-vous pour moi tout ce que vous quittez ?
(*se jetant aux pieds de Junie*).
Quand pourrai-je à vos pieds expier ce reproche !

JUNIE.

Que faites-vous ? Hélas ! votre rival s'approche.

## SCÈNE VIII.

### NÉRON, BRITANNICUS, JUNIE.

NÉRON.

Prince, continuez des transports si charmans.
Je conçois vos bontés par ses remercîmens,
Madame ; à vos genoux je viens de le surprendre.
Mais il aurait aussi quelque grace à me rendre :
Ce lieu le favorise, et je vous y retiens
Pour lui faciliter de si doux entretiens.

BRITANNICUS.

Je puis mettre à ses pieds ma douleur ou ma joie
Par-tout où sa bonté consent que je la voie ;
Et l'aspect de ces lieux où vous la retenez
N'a rien dont mes regards doivent être étonnés.

NÉRON.

Et que vous montrent-ils qui ne vous avertisse
Qu'il faut qu'on me respecte et que l'on m'obéisse.

BRITANNICUS.

Ils ne nous ont pas vus l'un et l'autre élever,
Moi pour vous obéir, et vous pour me braver ;
Et ne s'attendaient pas, lorsqu'ils nous virent naître,
Qu'un jour Domitius me dût parler en maître.

NÉRON.

Ainsi par le destin nos vœux sont traversés :
J'obéissais alors, et vous obéissez.
Si vous n'avez appris à vous laisser conduire,
Vous êtes jeune encore, et l'on peut vous instruire.

BRITANNICUS.

Et qui m'en instruira ?

NÉRON.

Tout l'empire à-la-fois.
Rome.

BRITANNICUS.

Rome met-elle au nombre de vos droits
Tout ce qu'a de cruel l'injustice et la force,
Les emprisonnemens, le rapt, et le divorce?

NÉRON.

Rome ne porte point ses regards curieux
Jusque dans des secrets que je cache à ses yeux.
Imitez son respect.

BRITANNICUS.

On sait ce qu'elle en pense.

NÉRON.

Elle se tait du moins : imitez son silence.

BRITANNICUS.

Ainsi Néron commence à ne se plus forcer.

NÉRON.

Néron de vos discours commence à se lasser.

BRITANNICUS.

Chacun devait bénir le bonheur de son règne.

NÉRON.

Heureux ou malheureux, il suffit qu'on me craigne.

BRITANNICUS.

Je connais mal Junie, ou de tels sentimens
Ne mériteront pas ses applaudissemens.

NÉRON.

Du moins, si je ne sais le secret de lui plaire,
Je sais l'art de punir un rival téméraire.

BRITANNICUS.

Pour moi, quelque péril qui me puisse accabler,
Sa seule inimitié peut me faire trembler.

NÉRON.

Souhaitez-la; c'est tout ce que je vous puis dire.

BRITANNICUS.

Le bonheur de lui plaire est le seul où j'aspire.

NÉRON.

Elle vous l'a promis, vous lui plairez toujours.

BRITANNICUS.

Je ne sais pas du moins épier ses discours :
Je la laisse expliquer sur tout ce qui me touche ;
Et ne me cache point pour lui fermer la bouche.

NÉRON.

Je vous entends. Hé bien, gardes!

JUNIE.

Que faites-vous !
C'est votre frère. Hélas! c'est un amant jaloux !
Seigneur, mille malheurs persécutent sa vie :
Ah ! son bonheur peut-il exciter votre envie?
Souffrez que, de vos cœurs rapprochant les liens,
Je me cache à vos yeux et me dérobe aux siens.
Ma fuite arrêtera vos discordes fatales ;
Seigneur, j'irai remplir le nombre des vestales.
Ne lui disputez plus mes vœux infortunés :
Souffrez que les dieux seuls en soient importunés.

NÉRON.

L'entreprise, madame, est étrange et soudaine.
Dans son appartement, gardes, qu'on la ramène.
Gardez Britannicus dans celui de sa sœur.

BRITANNICUS.

C'est ainsi que Néron sait disputer un cœur !

JUNIE.

Prince, sans l'irriter, cédons à cet orage.

NÉRON.

Gardes, obéissez sans tarder davantage.

## SCÈNE IX.

NÉRON, BURRHUS.

BURRHUS.

Que vois-je ! oh ciel?

NÉRON, *sans voir Burrhus.*

Ainsi leurs feux sont redoublés.
Je reconnais la main qui les a rassemblés :
Agrippine ne s'est présentée à ma vue,
Ne s'est dans ses discours si long-temps étendue,
Que pour faire jouer ce ressort odieux.
(*apercevant Burrhus.*)
Qu'on sache si ma mère est encore en ces lieux,
Burrhus : dans ce palais je veux qu'on la retienne,
Et qu'au lieu de sa garde on lui donne la mienne.

BURRHUS.

Quoi, seigneur! sans l'ouïr? une mère?

NÉRON.

Arrêtez.
J'ignore quel projet, Burrhus, vous méditez:
Mais, depuis quelques jours, tout ce que je désire
Trouve en vous un censeur prêt à me contredire.
Répondez-m'en, vous dis-je; ou, sur votre refus,
D'autres me répondront et d'elle et de Burrhus.

# ACTE QUATRIÈME.

## SCÈNE I.

AGRIPPINE, BURRHUS.

BURRHUS.

Oui, madame, à loisir vous pourrez vous défendre :
César lui-même ici consent de vous entendre.
Si son ordre au palais vous a fait retenir,
C'est peut-être à dessein de vous entretenir.
Quoi qu'il en soit, si j'ose expliquer ma pensée,
Ne vous souvenez plus qu'il vous ait offensée;
Préparez-vous plutôt à lui tendre les bras :
Défendez-vous, madame, et ne l'accusez pas.
Vous voyez, c'est lui seul que la cour envisage.
Quoiqu'il soit votre fils, et même votre ouvrage,
Il est votre empereur : vous êtes, comme nous,
Sujette à ce pouvoir qu'il a reçu de vous.
Selon qu'il vous menace, ou bien qu'il vous caresse,
La cour autour de vous ou s'écarte ou s'empresse.
C'est son appui qu'on cherche en cherchant votre appui.
Mais voici l'empereur.

AGRIPPINE.

Qu'on me laisse avec lui.

## SCÈNE II.

### NÉRON, AGRIPPINE.

AGRIPPINE, *s'asseyant.*

Approchez-vous, Néron, et prenez votre place.
On veut sur vos soupçons que je vous satisfasse.
J'ignore de quel crime on a pu me noircir :
De tous ceux que j'ai faits je vais vous éclaircir.
Vous régnez : vous savez combien votre naissance
Entre l'empire et vous avait mis de distance.
Les droits de mes aïeux, que Rome a consacrés,
Étaient même sans moi d'inutiles degrés.
Quand de Britannicus la mère condamnée
Laissa de Claudius disputer l'hyménée,
Parmi tant de beautés qui briguèrent son choix,
Qui de ses affranchis mendièrent les voix,
Je souhaitai son lit, dans la seule pensée
De vous laisser au trône où je serais placée.
Je fléchis mon orgueil; j'allai prier Pallas.
Son maître, chaque jour caressé dans mes bras,
Prit insensiblement dans les yeux de sa nièce
L'amour où je voulais amener sa tendresse.
Mais ce lien du sang qui nous joignait tous deux
Écartait Claudius d'un lit incestueux :
Il n'osait épouser la fille de son frère.
Le sénat fut séduit : une loi moins sévère
Mit Claude dans mon lit, et Rome à mes genoux.
C'était beaucoup pour moi; ce n'était rien pour vous.
Je vous fis sur mes pas entrer dans sa famille;
Je vous nommai son gendre, et vous donnai sa fille.
Silanus, qui l'aimait, s'en vit abandonné,
Et marqua de son sang ce jour infortuné.
Ce n'était rien encore. Eussiez-vous pu prétendre
Qu'un jour Claude à son fils dût préférer son gendre?
De ce même Pallas j'implorai le secours :

Claude vous adopta, vaincu par ses discours,
Vous appela Néron, et du pouvoir suprême
Voulut avant le temps vous faire part lui-même.
C'est alors que chacun, rappelant le passé,
Découvrit mon dessein déjà trop avancé,
Que de Britannicus la disgrace future
Des amis de son père excita le murmure.
Mes promesses aux uns éblouirent les yeux;
L'exil me délivra des plus séditieux;
Claude même, lassé de ma plainte éternelle,
Éloigna de son fils tous ceux de qui le zèle,
Engagé dès long-temps à suivre son destin,
Pouvait du trône encor lui rouvrir le chemin.
Je fis plus : je choisis moi-même dans ma suite
Ceux à qui je voulais qu'on livrât sa conduite.
J'eus soin de vous nommer, par un contraire choix,
Des gouverneurs que Rome honorait de sa voix :
Je fus sourde à la brigue, et crus la renommée;
J'appelai de l'exil, je tirai de l'armée,
Et ce même Sénèque, et ce même Burrhus,
Qui depuis... Rome alors estimait leurs vertus.
De Claude en même temps épuisant les richesses,
Ma main sous votre nom répandait ses largesses.
Les spectacles, les dons, invincibles appas,
Vous attiraient les cœurs du peuple et des soldats,
Qui d'ailleurs, réveillant leur tendresse première,
Favorisaient en vous Germanicus mon père.
    Cependant Claudius penchait vers son déclin.
Ses yeux, long-temps fermés, s'ouvrirent à la fin :
Il connut son erreur. Occupé de sa crainte,
Il laissa pour son fils échapper quelque plainte,
Et voulut, mais trop tard, assembler ses amis :
Ses gardes, son palais, son lit, m'étaient soumis.
Je lui laissai sans fruit consumer sa tendresse;
De ses derniers soupirs je me rendis maîtresse :
Mes soins, en apparence épargnant ses douleurs,

De son fils, en mourant, lui cachèrent les pleurs.
Il mourut. Mille bruits en courent à ma honte.
J'arrêtai de sa mort la nouvelle trop prompte;
Et tandis que Burrhus allait secrètement
De l'armée en vos mains exiger le serment,
Que vous marchiez au camp, conduit sous mes auspices,
Dans Rome les autels fumaient de sacrifices:
Par mes ordres trompeurs tout le peuple excité
Du prince déjà mort demandait la santé.
Enfin, des légions l'entière obéissance
Ayant de votre empire affermi la puissance,
On vit Claude; et le peuple, étonné de son sort,
Apprit en même temps votre règne et sa mort.
   C'est le sincère aveu que je voulais vous faire:
Voilà tous mes forfaits. En voici le salaire:
   Du fruit de tant de soins à peine jouissant,
En avez-vous six mois paru reconnaissant,
Que, lassé d'un respect qui vous gênait peut-être,
Vous avez affecté de ne me plus connaître.
J'ai vu Burrhus, Sénèque, aigrissant vos soupçons,
De l'infidélité vous tracer des leçons,
Ravis d'être vaincus dans leur propre science.
J'ai vu favorisés de votre confiance
Othon, Sénécion, jeunes voluptueux,
Et de tous vos plaisirs flatteurs respectueux;
Et lorsque, vos mépris excitant mes murmures,
Je vous ai demandé raison de tant d'injures,
(Seul recours d'un ingrat qui se voit confondu)
Par de nouveaux affronts vous m'avez répondu.
Aujourd'hui je promets Junie à votre frère;
Ils se flattent tous deux du choix de votre mère.
Que faites-vous? Junie, enlevée à la cour,
Devient en une nuit l'objet de votre amour:
Je vois de votre cœur Octavie effacée
Prête à sortir du lit où je l'avais placée:
Je vois Pallas banni, votre frère arrêté:

Vous attentez enfin jusqu'à ma liberté ;
Burrhus ose sur moi porter ses mains hardies.
Et lorsque convaincu de tant de perfidies,
Vous deviez ne me voir que pour les expier,
C'est vous qui m'ordonnez de me justifier.

NÉRON.

Je me souviens toujours que je vous dois l'empire ;
Et sans vous fatiguer du soin de le redire,
Votre bonté, madame, avec tranquillité
Pouvait se reposer sur ma fidélité.
Aussi bien ces soupçons, ces plaintes assidues,
Ont fait croire à tous ceux qui les ont entendues
Que jadis, j'ose ici vous le dire entre nous,
Vous n'aviez sous mon nom travaillé que pour vous.
« Tant d'honneurs, disaient-ils, et tant de déférences,
» Sont-ce de ses bienfaits de faibles récompenses ?
» Quel crime a donc commis ce fils taut condamné ?
» Est-ce pour obéir qu'elle l'a couronné ?
» N'est-il de son pouvoir que le dépositaire ? »
Non que, si jusque-là j'avais pu vous complaire,
Je n'eusse pris plaisir, madame, à vous céder
Ce pouvoir que vos cris semblaient redemander :
Mais Rome veut un maître, et non une maîtresse.
Vous entendiez les bruits qu'excitait ma foiblesse :
Le sénat chaque jour et le peuple, irrités
De s'ouïr par ma voix dicter vos volontés,
Publiaient qu'en mourant Claude avec sa puissance
M'avait encor laissé sa simple obéissance.
Vous avez vu cent fois nos soldats en courroux
Porter en murmurant leurs aigles devant vous ;
Honteux de rabaisser par cet indigne usage
Les héros dont encore elles portent l'image.
Toute autre se serait rendue à leurs discours :
Mais, si vous ne régnez, vous vous plaignez toujours.
Avec Britannicus contre moi réunie,
Vous le fortifiez du parti de Junie ;

Et la main de Pallas trame tous ces complots.
Et, lorsque malgré moi j'assure mon repos,
On vous voit de colère et de haine animée :
Vous voulez présenter mon rival à l'armée;
Déjà jusques au camp le bruit en a couru.

AGRIPPINE.

Moi! le faire empereur! Ingrat! l'avez-vous cru?
Quel serait mon dessein? qu'aurais-je pu prétendre?
Quels honneurs dans sa cour, quel rang pourrais-je attendre?
Ah! si sous votre empire on ne m'épargne pas,
Si mes accusateurs observent tous mes pas,
Si de leur empereur ils poursuivent la mère,
Que ferais-je au milieu d'une cour étrangère?
Ils me reprocheraient, non des cris impuissans,
Des desseins étouffés aussitôt que naissans,
Mais des crimes pour vous commis à votre vue,
Et dont je ne serais que trop tôt convaincue.
Vous ne me trompez point, je vois tous vos détours :
Vous êtes un ingrat, vous le fûtes toujours.
Dès vos plus jeunes ans mes soins et mes tendresses
N'ont arraché de vous que de feintes caresses.
Rien ne vous a pu vaincre; et votre dureté
Aurait dû dans son cours arrêter ma bonté.
Que je suis malheureuse! Et par quelle infortune
Faut-il que tous mes soins me rendent importune!
Je n'ai qu'un fils : ô ciel, qui m'entends aujourd'hui,
T'ai-je fait quelques vœux qui ne fussent pour lui?
Remords, crainte, périls, rien ne m'a retenue.
J'ai vaincu ses mépris; j'ai détourné ma vue
Des malheurs qui dès-lors me furent annoncés;
J'ai fait ce que j'ai pu : vous régnez, c'est assez.
Avec ma liberté, que vous m'avez ravie,
Si vous le souhaitez, prenez encor ma vie,
Pourvu que par ma mort tout le peuple irrité
Ne vous ravisse pas ce qui m'a tant coûté.

NÉRON.

Hé bien donc, prononcez. Que voulez-vous qu'on fasse?

AGRIPPINE.

De mes accusateurs qu'on punisse l'audace;
Que de Britannicus on calme le courroux;
Que Junie à son choix puisse prendre un époux;
Qu'ils soient libres tous deux; et que Pallas demeure;
Que vous me permettiez de vous voir à toute heure;
(*apercevant Burrhus dans le fond du théâtre.*)
Que ce même Burrhus, qui nous vient écouter,
A votre porte enfin n'ose plus m'arrêter.

NÉRON.

Oui, madame, je veux que ma reconnaissance
Désormais dans les cœurs grave votre puissance;
Et je bénis déjà cette heureuse froideur
Qui de votre amitié va rallumer l'ardeur.
Quoi que Pallas ait fait, il suffit, je l'oublie:
Avec Britannicus je me réconcilie;
Et, quant à cet amour qui nous a séparés,
Je vous fais notre arbitre, et vous nous jugerez.
Allez donc, et portez cette joie à mon frère.
Gardes, qu'on obéisse aux ordres de ma mère.

## SCÈNE III.

NÉRON, BURRHUS.

BURRHUS.

Que cette paix, seigneur, et ces embrassemens
Vont offrir à mes yeux de spectacles charmans!
Vous savez si jamais ma voix lui fut contraire,
Si de son amitié j'ai voulu vous distraire,
Et si j'ai mérité cet injuste courroux.

NÉRON.

Je ne vous flatte point, je me plaignais de vous,
Burrhus; je vous ai crus tous d'eux d'intelligence:
Mais son inimitié vous rend ma confiance.

Elle se hâte trop, Burrhus, de triompher :
J'embrasse mon rival, mais c'est pour l'étouffer.

BURRHUS.

Quoi, seigneur!

NÉRON.

C'en est trop ; il faut que sa ruine
Me délivre à jamais des fureurs d'Agrippine :
Tant qu'il respirera, je ne vis qu'à demi.
Elle m'a fatigué de ce nom ennemi ;
Et je ne prétends pas que sa coupable audace
Une seconde fois lui promette ma place.

BURRHUS.

Elle va donc bientôt pleurer Britannicus?

NÉRON.

Avant la fin du jour je ne le craindrai plus.

BURRHUS.

Et qui de ce dessein vous inspire l'envie?

NÉRON.

Ma gloire, mon amour, ma sûreté, ma vie.

BURRHUS.

Non, quoi que vous disiez, cet horrible dessein
Ne fut jamais, seigneur, conçu dans votre sein.

NÉRON.

Burrhus!

BURRHUS.

De votre bouche, oh ciel! puis-je l'apprendre?
Vous-même sans frémir avez-vous pu l'entendre?
Songez-vous dans quel sang vous allez vous baigner?
Néron dans tous les cœurs est-il las de régner?
Que dira-t-on de vous? Quelle est votre pensée?

NÉRON.

Quoi! toujours enchaîné de ma gloire passée,
J'aurai devant les yeux je ne sais quel amour
Que le hasard nous donne et nous ôte en un jour?
Soumis à tous leurs vœux, à mes désirs contraire,
Suis-je leur empereur seulement pour leur plaire?

BURRHUS.

Et ne suffit-il pas, seigneur, à vos souhaits
Que le bonheur public soit un de vos bienfaits?
C'est à vous à choisir, vous êtes encore maître.
Vertueux jusqu'ici, vous pouvez toujours l'être:
Le chemin est tracé, rien ne vous retient plus;
Vous n'avez qu'à marcher de vertus en vertus.
Mais si de vos flatteurs vous suivez la maxime,
Il vous faudra, seigneur, courir de crime en crime,
Soutenir vos rigueurs par d'autres cruautés,
Et laver dans le sang vos bras ensanglantés.
Britannicus mourant excitera le zèle
De ses amis, tout prêts à prendre sa querelle.
Ces vengeurs trouveront de nouveaux défenseurs,
Qui, même après leur mort, auront des successeurs:
Vous allumez un feu qui ne pourra s'éteindre.
Craint de tout l'univers, il vous faudra tout craindre,
Toujours punir, toujours trembler dans vos projets,
Et pour vos ennemis compter tous vos sujets.
Ah! de vos premiers ans l'heureuse expérience
Vous fait-elle, seigneur, haïr votre innocence?
Songez-vous au bonheur qui les a signalés?
Dans quel repos, oh ciel! les avez-vous coulés?
Quel plaisir de penser et de dire en vous-même:
« Partout en ce moment, on me bénit, on m'aime;
» On ne voit point le peuple à mon nom s'alarmer;
» Le ciel dans tous leurs pleurs ne m'entend point nommer;
» Leur sombre inimitié ne fuit point mon visage;
» Je vois voler partout les cœurs à mon passage! »
Tels étaient vos plaisirs. Quel changement, oh dieux!
Le sang le plus abject vous était précieux.
Un jour, il m'en souvient, le sénat équitable
Vous pressait de souscrire à la mort d'un coupable,
Vous résistiez, seigneur, à leur sévérité;
Votre cœur s'accusait de trop de cruauté;
Et, plaignant les malheurs attachés à l'empire,

Je voudrais, disiez-vous, ne savoir pas écrire.
Non, ou vous me croirez, ou bien de ce malheur
Ma mort m'épargnera la vue et la douleur :
On ne me verra point survivre à votre gloire.
Si vous allez commettre une action si noire,
*(se jetant aux pieds de Néron.)*
Me voilà prêt, seigneur; avant que de partir,
Faites percer ce cœur qui n'y peut consentir :
Appelez les cruels qui vous l'ont inspirée;
Qu'ils viennent essayer leur main mal assurée...
Mais je vois que mes pleurs touchent mon empereur :
Je vois que sa vertu frémit de leur fureur.
Ne perdez point de temps, nommez-moi les perfides
Qui vous osent donner ces conseils parricides ;
Appelez votre frère, oubliez dans ses bras...

NÉRON.

Ah! que demandez-vous?

BURRHUS.

Non, il ne vous hait pas,
Seigneur, on le trahit : je sais son innocence;
Je vous réponds pour lui de son obéissance.
J'y cours. Je vais presser un entretien si doux.

NÉRON.

Dans mon appartement qu'il m'attende avec vous.

## SCÈNE IV.

### NÉRON, NARCISSE.

NARCISSE.

Seigneur, j'ai tout prévu pour une mort si juste.
Le poison est tout prêt. La fameuse Locuste
A redoublé pour moi ses soins officieux :
Elle a fait expirer un esclave à mes yeux ;
Et le fer est moins prompt pour trancher une vie,
Que le nouveau poison que sa main me confie.

NÉRON.

Narcisse, c'est assez : je reconnais ce soin,

Et ne souhaite pas que vous alliez plus loin.

NARCISSE.

Quoi! pour Britannicus votre haine affaiblie
Me défend...

NÉRON.

Oui, Narcisse; on nous réconcilie.

NARCISSE.

Je me garderai bien de vous en détourner,
Seigneur. Mais il s'est vu tantôt emprisonner :
Cette offense en son cœur sera long-temps nouvelle.
Il n'est point de secrets que le temps ne révelle :
Il saura que ma main lui devait présenter
Un poison que votre ordre avait fait apprêter.
Les dieux de ce dessein puissent-ils le distraire!
Mais peut-être il fera ce que vous n'osez faire.

NÉRON.

On répond de son cœur, et je vaincrai le mien.

NARCISSE.

Et l'hymen de Junie en est-il le lien?
Seigneur, lui faites-vous encor ce sacrifice?

NÉRON.

C'est prendre trop de soin. Quoi qu'il en soit, Narcisse,
Je ne le compte plus parmi mes ennemis.

NARCISSE.

Agrippine, seigneur, se l'était bien promis :
Elle a repris sur vous son souverain empire.

NÉRON.

Quoi donc? Qu'a-t-elle dit? Et que voulez-vous dire?

NARCISSE.

Elle s'en est vantée assez publiquement.

NÉRON.

De quoi?

NARCISSE.

Qu'elle n'avait qu'à vous voir un moment,
Qu'à tout ce grand éclat, à ce courroux funeste,
On verrait succéder un silence modeste;

Que vous-même à la paix souscririez le premier :
Heureux que sa bonté daignât tout oublier.

NÉRON.

Mais, Narcisse, dis-moi, que veux-tu que je fasse ?
Je n'ai que trop de pente à punir son audace ;
Et, si je m'en croyais, ce triomphe indiscret
Serait bientôt suivi d'un éternel regret.
Mais de tout l'univers quel serait le langage ?
Sur les pas des tyrans veux-tu que je m'engage,
Et que Rome, effaçant tant de titres d'honneur,
Me laisse pour tous noms celui d'empoisonneur ?
Ils mettront ma vengeance au rang des parricides.

NARCISSE.

Et prenez-vous, seigneur, leurs caprices pour guides ?
Avez-vous prétendu qu'ils se tairaient toujours ?
Est-ce à vous de prêter l'oreille à leurs discours ?
De vos propres desirs perdrez-vous la mémoire ?
Et serez-vous le seul que vous n'oserez croire ?
Mais, seigneur, les Romains ne vous sont point connus ;
Non, non : dans leurs discours ils sont plus retenus.
Tant de précaution affaiblit votre règne :
Ils croiront, en effet, mériter qu'on les craigne.
Au joug, depuis long-temps, ils se sont façonnés ;
Ils adorent la main qui les tient enchaînés.
Vous les verrez toujours ardens à vous complaire :
Leur prompte servitude a fatigué Tibère.
Moi-même, revêtu d'un pouvoir emprunté
Que je reçus de Claude avec la liberté,
J'ai cent fois, dans le cours de ma gloire passée,
Tenté leur patience, et ne l'ai point lassée.
D'un empoisonnement vous craignez la noirceur ?
Faites périr le frère, abandonnez la sœur ;
Rome sur les autels prodiguant les victimes,
Fussent-ils innocens, leur trouvera des crimes ;
Vous verrez mettre au rang des jours infortunés
Ceux où jadis la sœur et le frère sont nés.

NÉRON.

Narcisse, encore un coup, je ne puis l'entreprendre.
J'ai promis à Burrhus, il a fallu me rendre.
Je ne veux point encore, en lui manquant de foi,
Donner à sa vertu des armes contre moi.
J'oppose à ses raisons un courage inutile;
Je ne l'écoute point avec un cœur tranquille.

NARCISSE.

Burrhus ne pense pas, seigneur, tout ce qu'il dit :
Son adroite vertu ménage son crédit.
Ou plutôt ils n'ont tous qu'une même pensée;
Ils verraient par ce coup leur puissance abaissée :
Vous seriez libre alors, seigneur, et, devant vous,
Ces maîtres orgueilleux fléchiraient comme nous.
Quoi donc! ignorez-vous tout ce qu'ils osent dire!
« Néron, s'ils en sont crus, n'est point né pour l'empire;
« Il ne dit, il ne fait que ce qu'on lui prescrit :
» Burrhus conduit son cœur, Sénèque son esprit.
» Pour toute ambition, pour vertu singulière,
» Il excelle à conduire un char dans la carrière;
» A disputer des prix indignes de ses mains;
» A se donner lui-même en spectacle aux Romains;
» A venir prodiguer sa voix sur un théâtre;
» A réciter des chants qu'il veut qu'on idolâtre;
» Tandis que des soldats, de momens en momens,
» Vont arracher pour lui les applaudissemens. »
Ah! ne voulez-vous pas les forcer à se taire?

NÉRON.

Viens, Narcisse : allons voir ce que nous devons faire.

# ACTE CINQUIÈME.

## SCÈNE I.

BRITANNICUS, JUNIE.

BRITANNICUS.

Oui, madame, Néron, qui l'aurait pu penser!
Dans son appartement m'attend pour m'embrasser
Il y fait de sa cour inviter la jeunesse;
Il veut que d'un festin la pompe et l'allégresse
Confirment à leurs yeux la foi de nos sermens,
Et réchauffent l'ardeur de nos embrassemens;
Il éteint cet amour source de tant de haine;
Il vous fait de mon sort arbitre souveraine.
Pour moi, quoique banni du rang de mes aïeux,
Quoique de leur dépouille il se pare à mes yeux,
Depuis qu'à mon amour cessant d'être contraire
Il semble me céder la gloire de vous plaire,
Mon cœur, je l'avouerai, lui pardonne en secret,
Et lui laisse le reste avec moins de regret.
Quoi, je ne serai plus séparé de vos charmes!
Quoi, même en ce moment, je puis voir sans alarmes
Ces yeux que n'ont émus ni soupirs ni terreur,
Qui m'ont sacrifié l'empire et l'empereur!
Ah, madame!... Mais quoi! quelle nouvelle crainte
Tient parmi mes transports votre joie en contrainte?
D'où vient qu'en m'écoutant, vos yeux, vos tristes yeux,
Avec de longs regards se tournent vers les cieux?
Qu'est-ce que vous craignez?

JUNIE.

Je l'ignore moi-même.
Mais je crains.

BRITANNICUS.

Vous m'aimez?

JUNIE.

Hélas! si je vous aime!

BRITANNICUS.

Néron ne trouble plus notre félicité.

JUNIE.

Mais me répondez-vous de sa sincérité?

BRITANNICUS.

Quoi, vous le soupçonnez d'une haine couverte!

JUNIE.

Néron m'aimait tantôt, il jurait votre perte,
Il me fuit, il vous cherche : un si grand changement
Peut-il être, seigneur, l'ouvrage d'un moment?

BRITANNICUS.

Cet ouvrage, madame, est un coup d'Agrippine :
Elle a cru que ma perte entraînait sa ruine.
Grâce aux préventions de son esprit jaloux,
Nos plus grands ennemis ont combattu pour nous.
Je m'en fie aux transports qu'elle m'a fait paraître;
Je m'en fie à Burrhus : j'en crois même son maître;
Je crois qu'à mon exemple, impuissant à trahir,
Il hait à cœur ouvert, ou cesse de haïr,

JUNIE.

Seigneur, ne jugez pas de son cœur par le vôtre :
Sur des pas différens vous marchez l'un et l'autre.
Je ne connais Néron et la cour que d'un jour :
Mais, si je l'ose dire, hélas! dans cette cour
Combien tout ce qu'on dit est loin de ce qu'on pense!
Que la bouche et le cœur sont peu d'intelligence!
Avec combien de joie on y trahit sa foi!
Quel séjour étranger et pour vous et pour moi!

BRITANNICUS.

Mais que son amitié soit véritable ou feinte,
Si vous craignez Néron, lui-même est-il sans crainte?
Non, non, il n'ira point, par un lâche attentat,
Soulever contre lui le peuple et le sénat.
Que dis-je? il reconnait sa dernière injustice;
Ses remords ont paru, même aux yeux de Narcisse.
Ah! s'il vous avait dit, ma princesse, à quel point...

JUNIE.

Mais Narcisse, seigneur, ne vous trahit-il point?

BRITANNICUS.

Et pourquoi voulez-vous que mon cœur s'en défie?

JUNIE.

Et que sais-je? il y va, seigneur, de votre vie:
Tout m'est suspect; je crains que tout ne soit séduit;
Je crains Néron; je crains le malheur qui me suit.
D'un noir pressentiment malgré moi prévenue,
Je vous laisse à regret éloigner de ma vue.
Hélas! si cette paix dont vous vous repaissez
Couvrait contre vos jours quelques pièges dressés.
Si Néron, irrité de notre intelligence,
Avait choisi la nuit pour cacher sa vengeance;
S'il préparait ses coups tandis que je vous vois;
Et si je vous parlais pour la dernière fois!
Ah, prince!

BRITANNICUS.

Vous pleurez! ah, ma chère princesse!
Et pour moi jusque-là votre cœur s'intéresse!
Quoi, madame! en un jour où plein de sa grandeur
Néron croit éblouir vos yeux de sa splendeur,
Dans des lieux où chacun me fuit et le révère,
Aux pompes de sa cour préférer ma misère!
Quoi, dans ce même jour et dans ces mêmes lieux,
Refuser un empire, et pleurer à mes yeux!
Mais, madame, arrêtez ces précieuses larmes;
Mon retour va bientôt dissiper vos alarmes.

Je me rendrais suspect par un plus long séjour :
Adieu. Je vais, le cœur tout plein de mon amour,
Au milieu des transports d'une aveugle jeunesse,
Ne voir, n'entretenir que ma belle princesse.
Adieu.

JUNIE.

Prince....

BRITANNICUS.

On m'attend, madame, il faut partir.

JUNIE.

Mais du moins attendez qu'on vous vienne avertir.

## SCÈNE II.

AGRIPPINE, BRITANNICUS, JUNIE.

AGRIPPINE.

Prince, que tardez-vous! partez en diligence.
Néron impatient se plaint de votre absence.
La joie et le plaisir de tous les conviés
Attend, pour éclater, que vous vous embrassiez.
Ne faites point languir une si juste envie;
Allez. Et nous, madame, allons chez Octavie.

BRITANNICUS.

Allez, belle Junie, et, d'un esprit content,
Hâtez-vous d'embrasser ma sœur qui vous attend.
Dès que je le pourrai, je reviens sur vos traces,
Madame, et de vos soins j'irai vous rendre grâces.

## SCÈNE III.

AGRIPPINE, JUNIE.

AGRIPPINE.

Madame, ou je me trompe, ou durant vos adieux
Quelques pleurs répandus ont obscurci vos yeux.
Puis-je savoir quel trouble a formé ce nuage?
Doutez-vous d'une paix dont je fais mon ouvrage?

JUNIE.

Après tous les ennuis que ce jour m'a coûtés,
Ai-je pu rassurer mes esprits agités ?
Hélas, à peine encor je conçois ce miracle.
Quand même à vos bontés je craindrais quelque obstacle
Le changement, madame, est commun à la cour,
Et toujours quelque crainte accompagne l'amour.

AGRIPPINE.

Il suffit, j'ai parlé, tout a changé de face :
Mes soins à vos soupçons ne laissent point de place.
Je réponds d'une paix jurée entre mes mains ;
Néron m'en a donné des gages trop certains.
Ah! si vous aviez vu par combien de caresses
Il m'a renouvelé la foi de ses promesses !
Par quels embrassemens il vient de m'arrêter !
Ses bras dans nos adieux ne pouvaient me quitter.
Sa facile bonté, sur son front répandue,
Jusqu'aux moindres secrets est d'abord descendue.
Il s'épanchait en fils qui vient en liberté
Dans le sein de sa mère oublier sa fierté.
Mais bientôt reprenant un visage sévère,
Tel que d'un empereur qui consulte sa mère,
Sa confidence auguste a mis entre mes mains
Des secrets d'où dépend le destin des humains.
Non, il le faut ici confesser à sa gloire,
Son cœur n'enferme point une malice noire ;
Et nos seuls ennemis, altérant sa bonté,
Abusaient contre nous de sa facilité.
Mais enfin à son tour leur puissance décline ;
Rome encore une fois va connaître Agrippine :
Déjà de ma faveur on adore le bruit.
Cependant en ces lieux n'attendons pas la nuit,
Passons chez Octavie, et donnons-lui le reste.
D'un jour autant heureux que je l'ai cru funeste.
Que peut-on faire?

JUNIE.

O ciel, sauvez Britannicus!

## SCÈNE IV.

### AGRIPPINE, JUNIE, BURRHUS.

AGRIPPINE.

Burrhus, où courez-vous? arrêtez. Que veut dire...

BURRHUS.

Madame, c'en est fait, Britannicus expire.

JUNIE.

Ah! mon prince!

AGRIPPINE.

Il expire?

BURRHUS.

Ou plutôt il est mort,
Madame.

JUNIE.

Pardonnez, madame, à ce transport:
Je vais le secourir, si je puis, ou le suivre.

## SCÈNE V.

### AGRIPPINE, BURRHUS.

AGRIPPINE.

Quel attentat, Burrhus!

BURRHUS.

Je n'y pourrai survivre,
Madame; il faut quitter la cour et l'empereur.

AGRIPPINE.

Quoi, du sang de son frère il n'a point eu d'horreur!

BURRHUS.

Ce dessein s'est conduit avec plus de mystère.
A peine l'empereur a vu venir son frère,
Il se lève, il l'embrasse, on se tait; et soudain
César prend le premier une coupe à la main:

« Pour achever ce jour sous de meilleurs auspices,
» Ma main de cette coupe épanche les prémices,
» Dit-il : Dieux, que j'appelle à cette effusion,
» Venez favoriser notre réunion. »
Par les mêmes sermens Britannicus se lie.
La coupe dans ses mains par Narcisse est remplie :
Mais ses lèvres à peine en ont touché les bords.
Le fer ne produit point de si puissans efforts,
Madame; la lumière à ses yeux est ravie,
Il tombe sur son lit sans chaleur et sans vie.
Jugez combien ce coup frappe tous les esprits :
La moitié s'épouvante, et sort avec des cris;
Mais ceux qui de la cour ont un plus long usage
Sur les yeux de César composent leur visage.
Cependant sur son lit il demeure penché,
D'aucun étonnement il ne paraît touché :
« Ce mal dont vous craignez, dit-il, la violence
» A souvent sans péril attaqué son enfance. »
Narcisse veut en vain affecter quelque ennui,
Et sa perfide joie éclate malgré lui.
Pour moi, dût l'empereur punir ma hardiesse,
D'une odieuse cour j'ai traversé la presse;
Et j'allais, accablé de cet assassinat,
Pleurer Britannicus, César, et tout l'état.

AGRIPPINE.

Le voici. Vous verrez si c'est moi qui l'inspire.

## SCÈNE VI.

AGRIPPINE, NÉRON, BURRHUS, NARCISSE.

NÉRON, *voyant Agrippine.*

Dieux!

AGRIPPINE.

Arrêtez, Néron; j'ai deux mots à vous dire.
Britannicus est mort : je reconnais les coups;
Je connais l'assassin.

NÉRON.

Et qui, Madame?

AGRIPPINE.

Vous.

NÉRON.

Moi! voilà les soupçons dont vous êtes capable.
Il n'est point de malheurs dont je ne sois coupable;
Et si l'on veut, madame, écouter vos discours,
Ma main de Claude même aura tranché les jours.
Son fils vous étoit cher, sa mort peut vous confondre :
Mais des coups du destin je ne puis pas répondre.

AGRIPPINE.

Non, non, Britannicus est mort empoisonné :
Narcisse a fait le coup; vous l'avez ordonné.

NÉRON.

Madame!... Mais qui peut vous tenir ce langage?

NARCISSE.

Hé, seigneur! ce soupçon vous fait-il tant d'outrage?
Britannicus, madame, eut des desseins secrets
Qui vous auraient coûté de plus justes regrets :
Il aspirait plus loin qu'à l'hymen de Junie;
De vos propres bontés il vous aurait punie.
Il vous trompait vous-même, et son cœur offensé
Prétendait tôt ou tard rappeler le passé.
Soit donc que malgré vous le sort vous ait servie,
Soit qu'instruit des complots qui menaçaient sa vie,
Sur ma fidélité César s'en soit remis,
Laissez les pleurs, madame, à vos seuls ennemis;
Qu'ils mettent ce malheur au rang des plus sinistres;
Mais vous...

AGRIPPINE.

Poursuis, Néron : avec de tels ministres,
Par des faits glorieux tu te vas signaler;
Poursuis. Tu n'as pas fait ce pas pour reculer :
Ta main a commencé par le sang de ton frère;
Je prévois que tes coups viendront jusqu'à ta mère.

Dans le fond de ton cœur je sais que tu me hais;
Tu voudras t'affranchir du joug de mes bienfaits.
Mais je veux que ma mort te soit même inutile :
Ne crois pas qu'en mourant je te laisse tranquille;
Rome, ce ciel, ce jour que tu reçus de moi,
Partout, à tout moment, m'offriront devant toi.
Tes remords te suivront comme autant de furies :
Tu croiras les calmer par d'autres barbaries;
Ta fureur s'irritant soi-même dans son cours,
D'un sang toujours nouveau marquera tous tes jours.
Mais j'espère qu'enfin le ciel, las de tes crimes,
Ajoutera ta perte à tant d'autres victimes;
Qu'après t'être couvert de leur sang et du mien
Tu te verras forcé de répandre le tien;
Et ton nom paraîtra dans la race future,
Aux plus cruels tyrans une cruelle injure.
Voilà ce que mon cœur se présage de toi.
Adieu : tu peux sortir.

NÉRON.

Narcisse, suivez-moi.

## SCENE VII.

AGRIPPINE, BURRHUS.

AGRIPPINE.

Ah ciel! de mes soupçons quelle était l'injustice!
Je condamnais Burrhus pour écouter Narcisse!
Burrhus, avez-vous vu quels regards furieux
Néron en me quittant m'a laisés pour adieux?
C'en est fait, le cruel n'a plus rien qui l'arrête;
Le coup qu'on m'a prédit va tomber sur ma tête.
Il vous accablera vous-même à votre tour.

BURRHUS.

Ah, madame! pour moi j'ai vécu trop d'un jour.
Plût au ciel que sa main, heureusement cruelle,
Eût fait sur moi l'essai de sa fureur nouvelle!

Qu'il ne m'eût pas donné, par ce triste attentat,
Un gage trop certain des malheurs de l'état !
Son crime seul n'est pas ce qui me désespère ;
Sa jalousie a pu l'armer contre son frère :
Mais, s'il vous faut, madame, expliquer ma douleur,
Néron l'a vu mourir sans changer de couleur.
Ses yeux indifférens ont déjà la constance
D'un tyran dans le crime endurci dès l'enfance.
Qu'il achève, madame, et qu'il fasse périr
Un ministre importun qui ne le peut souffrir.
Hélas ! loin de vouloir éviter sa colère,
La plus soudaine mort me sera la plus chère.

## SCÈNE VIII.

AGRIPPINE, BURRHUS, ALBINE.

ALBINE.

Ah, madame! ah, seigneur! courez vers l'empereur;
Venez sauver César de sa propre fureur;
Il se voit pour jamais séparé de Junie.

AGRIPPINE.

Quoi! Junie elle-même a terminé sa vie?

ALBINE.

Pour accabler César d'un éternel ennui,
Madame, sans mourir elle est morte pour lui.
Vous savez de ces lieux comme elle s'est ravie :
Elle a feint de passer chez la triste Octavie ;
Mais bientôt elle a pris des chemins écartés,
Où mes yeux ont suivi ses pas précipités.
Des portes du palais elle sort éperdue.
D'abord elle a d'Auguste aperçu la statue ;
Et mouillant de ses pleurs le marbre de ses pieds
Que de ses bras pressans elle tenait liés :

» Prince, par ces genoux, dit-elle, que j'embrasse,
» Protège en ce moment le reste de ta race :
» Rome, dans ton palais, vient de voir immoler
» Le seul de tes neveux qui te pût rassembler.
» On veut après sa mort que je lui sois parjure.
» Mais pour lui conserver une foi toujours pure,
» Prince, je me dévoue à ces dieux immortels
» Dont ta vertu t'a fait partager les autels. »
Le peuple cependant, que ce spectacle étonne,
Vole de toutes parts, se presse, l'environne,
S'attendrit à ses pleurs, et, plaignant son ennui,
D'une commune voix la prend sous son appui.
Ils la mènent au temple, où depuis tant d'années
Au culte des autels nos vierges destinées,
Gardent fidèlement le dépôt précieux
Du feu toujours ardent qui brûle pour nos dieux.
César les voit partir sans oser les distraire.
Narcisse, plus hardi, s'empresse pour lui plaire;
Il vole vers Junie, et, sans s'épouvanter,
D'une profane main commence à l'arrêter.
De mille coups mortels son audace est punie;
Son infidèle sang rejaillit sur Junie.
César, de tant d'objets en même temps frappé,
Le laisse entre les mains qui l'ont enveloppé.
Il rentre. Chacun fuit son silence farouche :
Le seul nom de Junie échappe de sa bouche.
Il marche sans dessein : ses yeux mal assurés
N'osent lever au ciel leurs regards égarés,
Et l'on craint, si la nuit jointe à la solitude
Vient de son désespoir aigrir l'inquiétude,
Si vous l'abandonnez plus long-temps sans secours,
Que sa douleur bientôt n'attente sur ses jours.
Le temps presse : courez. Il ne faut qu'un caprice,
Il se perdrait, madame.

AGRIPPINE.

Il se ferait justice.

Mais, Burrhus, allons voir jusqu'où vont ses transport
Voyons quel changement produiront ses remords ;
S'il voudra désormais suivre d'autres maximes.

BURRHUS.

Plût aux dieux que ce fût le dernier de ses crimes.

FIN.

# PIÈCES EN VENTE.

TARTUFE, comédie en 5 actes de Molière. 25 c.

LE MISANTHROPE, comédie en 5 actes du même. 25 c.

MAHOMET, ou LE FANASTISME, tragédie en 5 actes, par Voltaire. 25 c.

CHARLES IX, tragédie en 5 actes, par Chénier. 25 c.

FENELON, ou LES RELIGIEUSES DE CAMBRAY, drame en 5 actes et en vers. 25 c.

POLYEUCTE, tragédie en 5 actes, par Corneille. 25 c.

LES FRÈRES ENNEMIS, tragédie en 5 actes, par J. Racine. 25 c.

ESTHER, tragédie en 5 actes, par le même. 25 c.

LE BARBIER DE SÉVILLE, comédie en 4 actes, par Beaumarchais. 25 c.

LE MARIAGE DE FIGARO, comédie en 5 actes, par le même. 50 c.

LA MÈRE COUPABLE, comédie en 5 actes, par le même. 25 c.

LA MORT DE CÉSAR, tragédie en 3 actes, par Voltaire. 25 c.

LES VICTIMES CLOITRÉES, drame en 5 actes, par Monvel.

MÉLANIE, ou LA RELIGIEUSE FORCÉE, drame en 3 actes, par La Harpe. 25 c.

*Sous presse,*

LE LÉGATAIRE UNIVERSEL, de Regnard.

LE JOUEUR, du même.

EUGÉNIE, drame.

www.ingramcontent.com/pod-product-compliance
Ingram Content Group UK Ltd.
Pitfield, Milton Keynes, MK11 3LW, UK
UKHW020322220726
13923UKWH00003B/1302

9 782016 143759